"나는 시련과 실패를 좋아한다. 나를 더욱 강하게,
내 인생을 더욱 멋지게 만들기 때문이다.
세상의 모든 오지에는 천국이 숨어있다."

세상에서 가장 아름다운 섬, 외도

세상에서 가장 아름다운 섬, 외도

1판 1쇄 발행 2006. 7. 24.
1판 20쇄 발행 2021. 11. 2.

지은이 최호숙

발행인 고세규
발행처 김영사
등록 1979년 5월 17일(제406-2003-036호)
주소 경기도 파주시 문발로 197(문발동) 우편번호 10881
전화 마케팅부 031)955-3100, 편집부 031)955-3200 | 팩스 031)955-3111

값은 뒤표지에 있습니다.
ISBN 978-89-349-2245-2 03810

홈페이지 www.gimmyoung.com   블로그 blog.naver.com/gybook
인스타그램 instagram.com/gimmyoung   이메일 bestbook@gimmyoung.com

좋은 독자가 좋은 책을 만듭니다.
김영사는 독자 여러분의 의견에 항상 귀 기울이고 있습니다.

세상에서
가장 아름다운 섬, 완도

최호숙 지음

김영사

우리 집 정원에는 비밀이 숨어있다

내가 살고 있는 외도(外島)는 '밖에 있는 섬'이라는 뜻이다. 한반도의 남쪽 끄트머리에 있는 섬인 거제도의 구조라 항에서 더 남쪽으로 내다보면 '안 섬'인 내도(內島)를 지나 외도가 보인다. 그러므로 외도는 거제도에서도 '바깥'이라 불리는 오지의 외딴섬이다.

38년 전, 이 외도에 첫발을 내딛던 순간이 지금도 잊히지 않는다. 내 삶을 새롭게 바꿔줄 아름다운 섬을 꿈꾸며 서울에서 14시간을 달려와 이 섬에 도착했을 때 나를 맞이한 것은 절벽 같은 바위와 파도, 그리고 두려움과 막막함이었다. 몇 가지의 우연과 사건이 겹쳐 엉겁결에 사들이게 된 섬이 내 운명을 영영 가두어버릴 것 같았다.

불확실함이 주는 불안감을 극복하기 위해서 우리 부부는 무언가에 필사적으로 매달렸다. 초가집 몇 채와 고구마 밭이 있던 외도는 밀감 농장으로, 그리고 돼지 농장으로 변모를 거듭했고, 운명처럼 실패와 좌절이 되풀이되었다. 시멘트와 자갈을 일일이 포대에 나눠담아 통통배로 실어 나른 뒤 애써 만든 선착장은 번번이 파도나 태풍에 휩쓸려 감쪽같이 사라지곤 했다. 이런 일이 거듭될 때마다, 내 인생도 오지의 외딴섬에 잘못 정박한 것이 아닐까 하는 두려움이 생겼다.

그러나 모든 것을 포기하기에는 인생이 질기고 희망도 질겼다. 실패할수록 오기가 생겼다. 결국 사람이 평생 하는 일은 태어나 살다가 죽는 것. 죽고 사는 것은 어차피 신의 영역이니 그에게 맡기고, 내가 해야 할 일은 가운데 토막인 '사는 일'에 매달려 그저 최선을 다해 살아보는 것이었다.

그때 우리 부부의 땀과 눈물과 꿈을 바쳐 심고 가꾼 나무들이, 꽃들이, 오늘의 외도를 만들었다. 그렇게 30년간 매달려 공들인 외도의 구석구석이 '천국의 계단'으로, '비너스 가든'으로 그리고 '에덴 동산'으로 태어났다. 아무도 살고 싶어 하지 않던 '바깥 섬' 외도는 이제 해마다 100만 명이 찾아오는 대한민국 최고의 해상정원이 되었다.

요즘 들어 강연을 하거나 글을 써달라는 주문을 간혹 받는다. 우리 부부의 이야기가 인간의 꿈과 의지가 얼마나 큰 변화를 이끌어낼 수 있는지를 보여주는 좋은 모델이 될 수 있다는 것이다. 이 빠른 인터넷 시대에 30년이 넘도록 한 부부의 삶을 조그만 섬 하나에 쏟아 부었다는 이야기가 지루하게 들리지는 않을지, 책을 내는 이 순간까지도 걱정이 된다.

그저 대단하진 않지만 남보다 조금 더 미련하게 살아온 사람이 40여 년 세월을 바친 뒤에야 얻게 된 생각들을 적어놓은 거라 생각하고, 편하게 읽어주기를.

2006년 6월
최호숙

차 례

1 불가능한 낙원을 만들어라

6 나이 일흔, 나는 아직도 꿈이 고프다

불가능한
낙원을
만들어라

1

태풍이 지나간 자리

라디오에서 태풍의 북상을 시시각각으로 예보한다. 이번 태풍 '리나'의 파괴력은 엄청나다고 한다. 아직도 평화로운 바다, 드높은 하늘 위로 여유롭게 비행하는 고추잠자리, 그리고 자유로운 갈매기떼와 멸치잡이에 동분서주하는 어부들의 부지런한 손놀림……. 이곳은 평화롭기만 하다.

언제나 그렇듯 태풍이 한번 휩쓸고 지나가면 섬은 폐허가 되다시피 할 것이다. 애써 기르고 가꾼 것들이 순식간에 뿌리가 뽑히고 쓰러져도 손 한번 쓸 수 없는 그 참담한 심정, 이제 나는 그 심정을 너무나도 잘 안다. 그 폐허 위에 섰을 때의 참담함을 잘 알고 있기 때문에 태풍이 오기도 전부터 마음이 찢어지는 것 같다.

폐허를 다시 건설하기 위한 시간과 비용, 그리고 정신적, 육체적 노동을 우리는 너무나 많이 경험했다. 다섯 번이나 흔적도 없이 사라져버렸던 선착장 때문에 선착장이 있던 곳에 주저앉아 얼마나 많이 절망했던가. 흔적도 없이 사라진 꽃밭 앞에서는 눈물도 말라 나오지 않았다. 그 순간들이 내게 얼마나 깊은 절망을 남겼던가.

'이번엔 아무 것도 남지 않을지도 몰라. 저 꽃들도, 여기 나무들도, 저 집의 지붕도 날아가 버리고 말지도 몰라.'

태풍이 몰려오기 전, 내게는 마음의 태풍이 먼저 몰려왔다. 긴장과 불안한 고요가 감도는 순간, 세상에서 나를 위로하는 것은 역시 음악뿐이다. 나는 아름다운 바다를 바라보며 모차르트를 들었다. 태풍을 기다리며 잠깐 갖는 나만의 시간은 태풍과 맞싸울 힘을 준다. 권투선수에게도 혹독한 훈련만큼이나 한 시간의 마인드 컨트롤이 중요한 법이다.

"여보, 뭘 생각해?"

남편이 나를 불렀다.

"내일이면 태풍이 거제도 앞바다로 바로 상륙할 거라는군. 태풍 준비는 대충 끝났는데도 강 이사와 이 목수는 지금 선인장 밭에서 또 일하고 있어. 나도 거기서 오는 길이야."

혼자 감상에 빠져 있던 나는 재빨리 현실로 돌아왔다. 태풍이 오기 전에 할 일이 아직도 많았다. 선인장 밭으로 내려와 보니 강 이사와 이 목수는 온통 선인장 가시에 찔려 몸이 말이 아니었다.

"아이쿠, 따가워!"

두 사람은 비명을 지르면서 웃통을 벗고 몸을 긁어대고 있었다. 원래 선인장을 손보려면 두꺼운 점퍼를 입어야 한다. 하지만 더운 여름에 점퍼를 입을 수는 없고, 시간도 없어서 그냥 작업을 하다 보니 상처가 심해진 것이다. 옷에 박힌 가시를 빼며 옷을 털고 있는 두 사람이 말할 수 없이 고마웠다. 얼마나 따갑고 아플까?

"두꺼운 옷 입고 해야 할 일인데 지금은 더워서 도저히 할 수 없고 상처도 심하니, 차라리 내일 비 쏟아질 때 합시다."

나는 두 사람을 설득해서 각자 집으로 돌려보냈다. 두 사람이 떠나고 난 뒤에도 우리 내외는 그곳에 남아 한참 동안 이야기를 나누었다. 남편은 무척 예민해져 있었다. 귀찮은 듯 말하고 매사에 신경질적으로 반응했다. 나는 남편의 기분을 잘 안다. 두 손 다 내리고 결정적인 카운터펀치를 기다리는 절망적인 권투선수처럼 외롭고 고독한 마음이겠지.

바다에는 너울너울 파도가 밀려오고 심상찮은 바람이 느껴진다. 습기 많고 불길한 바람에 하늘 색도 시시각각으로 변하고 있다. 태풍이 내일 새벽 세 시에 이 섬에 닿는다는데 실감이 나지 않는다.

태풍이 올 때마다 몇 시간 전까지 번번이 이런 감정을 느낀다. 정말 오는 것일까? 행여 다른 길로 빠지거나 어느 섬을 거치면서 순해지지는 않을까? 그것은 일종의 기도이기도 하다. 지금의 이 평화를 지킬 수 있도록 태풍이 이곳을 비껴가기를 바라는 기도 말이다.

그러나 아직 다가오지도 않은 슬픔에 잠겨 있을 시간이 없었다. 우리는 이곳저곳을 점검했다. 나름대로 만전을 다했지만 또 한 번 확인하면서 섬을 한 바퀴 돌아보았다.

섬 위쪽의 점검을 마치고 우리는 선착장으로 내려갔다. 섬 위의 집에서 보던 파도와 선착장 위의 파도는 전혀 달랐다. 섬 위에서는 태풍이 아직 먼 곳에 있는 것처럼 보였지만 섬 아래 선착장에서는 이미 본격적으로 시작되고 있었다.

부쩍 높아진 파도가 선착장 위를 넘나들었다. 철썩이는 파도 소리가 조금 전과는 비교할 수 없는 힘으로 선착장을 밀어붙였다. 집에서 내려다 본 그 바다가 아니었다.

내일 이 선착장을 다시 볼 수 있을까? 험한 파도소리를 들으며 나는 무릎을 꿇고 기도를 하였다. 제발 좀 지켜주시라고, 이렇게 열심히 일했는데 또 다시 선착장이 떠내려가면 용기를 잃을 것 같으니 한 번만 봐 달라고. 기도를 끝내고 뒤를 돌아보니 짙은 구름 사이로 빗방울이 한 방울씩 떨어지고 있다.

"자, 이젠 하늘에 맡기고 집으로 갑시다."

비가 더 본격적으로 뿌리기 전에 우리는 있는 힘을 다해 뛰고 또 뛰어 집으로 올라왔다.

나는 라디오를 크게 틀었다. 제주도의 피해 상황이 엄청나다고 했다. 태풍 주의보는 태풍 경보로 바뀌어 있었고, 태풍의 진로는 여수를 거쳐 거제도와 부산으로 향하고 있다고 했다.

불안해하는 남편을 두고 나는 대청마루에서 일어나 밖으로 나왔다. 잠깐 소강상태를 보이는 하늘은 검다 못해 시커먼 먹빛으로 뒤덮였다. 나는 몰아치는 비바람 속에서 꽃과 나무들에게 이별할 준비를 시작했다. 올해 유난히 정성을 다해 가꾼 꽃들을 이대로 그냥 보낼 수는 없다는 생각이 들었다. 마지막 모습을 한 번만이라도 봐야 할 것 같았다.

아직도 싱그러운 꽃들은 천지가 공포로 가득 차 떨고 있는 순간에도 한 송이 한 송이 모두 아름다웠다. 곧 어떤 일이 닥칠 지도 모르면서 손을 흔들듯 바람에 흔들리며 나를 반기고 있었다.

"사랑하는 티보치나, 너는 이 정원에서 나의 자존심을 대변해 주었지. 여름이 되면 아름다운 보랏빛으로 피어나 사랑을 독차지 했었지. 에리카, 너는 이름이 예뻐 지나가는 손님들이 늘 네 이름을 불러주며 행복해 했지. 향기 좋은 스파리튬, 너는 힘없는 가지에 꽃술이 많아 찢어지고 휘어지면서도 여러 번 노란 색으로 이 정원을 물들였었지. 다들 고맙다. 너무 고마워."

나는 꽃들을 어루만지며 꽃밭 이곳저곳을 돌아다녔다. 하염없이 눈물이 흘렀다. 얼마 후 비를 쫄딱 맞으며 들어오자 남편은 기가 막힌 표정으로 나를 노려보았다.

"이렇게 위험한데 대체 뭐하러 나갔어?"

"인사하러 나갔었어."

"누구한테?"

"꽃들에게……."

물귀신 같은 내 모습을 보고 황당해하는 것도 잠시, 남편은 공포에 질린 얼굴로 '큰일났다, 큰일났다' 는 말만 연발했다.

텔레비전에서는 도로와 농경지가 침수되고 가로수가 뿌리째 뽑혀 나갔다, 전기가 끊겼다, 낚시꾼이 섬에 고립되었다는 소식과 함께 해안 지역의 상황을 실시간으로 보여주었다. 거리에 내건 현수막이 바람에 찢겨져 날리는가 하면, 거리 곳곳에 각종 물건들과 집 잃은 동물

16

들이 나뒹굴고 있었다. 산사태가 발생해 차량통행이 통제되었고, 집이 물에 잠기고 마을이 고립되었다. 제방이 터져나가 흙탕물이 바다를 이루었다.

외도의 하늘은 초록빛 융단에 싸여 춤을 추는 듯했다. 나무에서 떨어져 나간 엄청난 수의 잎들이 회오리바람에 휘말려 사방으로 떠돌아다니고 있었다. 점점 어두워지는 하늘은 가끔 벼락을 맞아 훤하게 밝아졌다. 그 엄청난 빛에 깜짝 놀라고 나면 금세 천둥소리가 간담을 서늘하게 했다.

저 아래의 성난 파도를 보니 갑자기 선착장이 무사한지 덜컥 겁이 났다. 아까 단단히 점검을 했는데도 자꾸 걱정이 되었다. 나는 남편과 함께 비옷을 뒤집어쓰고 선착장으로 향했다. 길가에 넘어진 나무 그루터기들을 조심스레 넘으며 선착장까지 겨우 나아갔다.

내가 선착장의 쇠 난간이 우그러지고 뽑힌 것을 보며 한숨을 쉬고 있는 새, 남편은 매표소 앞까지 한 발 한 발 나아가고 있었다. 매표소의 유리창은 한 장도 빠짐없이 깨어져 있었다. 당연히 그 안에 있던 물건이며 서류도 다 간 곳이 없을 터였다.

선착장은 아글아글 노여운 듯 무서운 소리만 낼 뿐, 파도에 싸여 보이지 않았다. 바람 소리인지 파도 소리인지 분간도 되지 않았고, 더 심해진 비바람이 시야를 가려 한 치 앞도 제대로 볼 수 없었다. 벌써 휩쓸려간 것은 아닐까? 바람이 어찌나 세찬지 휩쓸려 갈 것 같아 나는 건물 벽을 단단히 움켜쥐고 남편을 불렀다.

"여보, 그만 가! 위험해!"

그때 저쪽 건물에서 강수일 이사가 나타났다.

"사장님! 지금 뭐하시는 거예요?"

"아니, 우리는 선착장이 또 날아갔나 해서……."

"당장 집으로 들어가세요!"

헬멧을 쓴 강 이사는 다급하게 소리를 질렀다. 무슨 말인지 잘 들리지도 않았지만, 우리도 사태를 실감하고 집까지 급히 뛰어 들어갔다. 현관 쪽으로 달리는 내 뒤로 뭔가가 떨어지더니 우지끈 부서지는 소리가 들렸다.

악몽 같았던 기나긴 밤을 어떻게 지새웠는지 모르겠다. 남편은 비장한 얼굴로 계속 들락날락하면서 마당을 지켜보았다. 나는 불안감을 증폭시키는 남편에게서 떨어져 서재에서 책을 펴고 앉았지만, 평소에 그렇게 좋아하던 그림들을 보아도 아무 느낌이 오지 않았다. 책장은 넘어가지 않았고 신경은 바깥에만 쏠려 있었다. 어디서 나무가 뽑히는지 콰당, 하는 소리가 들려왔고 유리창이 깨지는 소리도 들렸다. 뭔가가 부서지는 소리가 날 때마다 우리는 가슴이 쿵하고 내려앉았다. 인간의 나약함을 뼈저리게 느끼는 시간이었다.

날이 언제 샜는지도 몰랐다. 깜빡 잠이 들었는지도 분명치 않았다. 희미하게 밝아 온 아침, 우리는 밖을 보기가 겁났다. 작은 유리창 틈으로 아직은 희미한 밖의 정경을 살짝 내다보았다.

종려나무는 그냥 그 자리에 그대로 서 있었다. 다행이었다. 나무들은 대체로 그 자리에 그대로 서 있는 듯 했다. 하지만 꽃밭으로 나가 보니 어제 눈물의 인사를 나눈 아름다운 꽃들은 흔적도 없이 사라졌다. 이리 엉키고 저리 엉킨 꽃잎들만 물줄기를 따라 흐르며 도랑 이곳 저곳에 수북하게 쌓여 있었다. 꽃잎 하나하나가 다 가시처럼 내 마음에 따갑게 박혀 왔다.

"도랑이나 빨리 치웁시다."

남편은 어느새 삽을 들고 왔는지 앞장서서 걷고 있었다. 걱정은 누구보다 많은 사람이지만 그 걱정을 수습해야 할 때 가장 먼저 용기를 내며 마음을 다잡는 사람도 역시 남편이었다. 그의 용기가 오늘의 나를, 오늘의 외도를 만들었다는 생각이 들었다.

'리나' 이후로도 많은 태풍이 외도를 강타했다. 특히 2003년의 '매미'는 잊을 수가 없다. 산더미 같은 해일이 높이 50미터의 동섬을 타고 넘으며 꼭대기의 흙과 나무, 바위를 모두 날려버렸고, 높이 10미터가 넘는 거대한 남근바위도 흔적 없이 사라져 버렸다. 150여 종의 꽃나무가 사라지고 후박나무, 곰솔나무, 동백나무 등 50년이 넘은 고목 100여 그루도 부러지거나 뿌리째 뽑혔다.

태풍 '매미'가 외도를 할퀴고 가던 그날 저녁, 나는 서울로 와서 예술의전당에서 뮤지컬 〈명성황후〉를 보았다. 그 수많은 태풍을 함께 겪어낸 남편이 세상을 떠난 지 얼마 되지 않았던 때라 나는 잔뜩 약해져 있었다. 나를 염려한 직원들은 반강제로 나를 서울로 보내버렸던 것이다. 그러나 내 주파수는 저녁 내내 태풍 때문에 신음하는 외도에만 고정되어 있었다.

남해안을 강타한 태풍 '매미'가 남긴 상처는 상상을 초월했다. 황폐해진 외도가 뉴스에 등장했을 정도로 그 피해가 막대했다. 사람들은 내가 재기할 수 있을까 걱정했다. 한 달이 넘도록 태풍이 남긴 피해를 복구하느라 직원들은 땀을 쏟았다. 쓰러진 나무를 베어내고 다시 심고, 잔해들을 거두어서 치웠다.

그러나 시간이 지나자 내 마음처럼 황량한 외도도 조금씩 상처가 아물었다. 쓰러지고 부서진 자리에 새싹이 돋아나고 꽃밭에도 초록빛 생명의 기운이 감돌았다. 가을 바다는 여유롭고 한가로웠다. 아무 일도 없었다는 듯 태연한 바다가 새삼스럽게 느껴졌다. 나는 가을 바다를 항상 쓸쓸하다고 느꼈는데, 그해 가을 바다는 눈부시도록 강한 생명력을 느끼게 해주었다.

우리 인생도 태풍을 맞는 섬과 같다는 생각이 든다. 희망을 갖고 가꾼 것들이 어느 정도 이루어졌다 싶으면 무너지고, 초인적인 힘으로 다시 가꿔놓으면 내가 어떻게 할 수 없는 거대한 힘에 의해 다시 무너져내리곤 한다.

돌이켜보면 우리 내외가 38년에 걸쳐 외도를 가꾸어왔던 과정 또한 태풍을 맞은 섬의 운명처럼 아슬아슬하기 짝이 없었다.

외도와의 첫 만남

내가 처음 외도에 온 것은 1969년 8월의 어느 날이었다. 경기도 양주에서 자랐고, 대학시절부터는 서울에서 보냈기 때문에 나는 섬에 대해서 아는 것이 전혀 없었다. 내게 섬이란 그저 낭만과 사랑이 넘치는 환상적인 곳일 뿐이었다.

어느 날 남편과 그의 동업자 김 사장이 청계천 4가 세운상가 2층에 있는 맥주집으로 나를 불러냈다.

"여보, 섬을 하나 삽시다."

이 무슨 뚱딴지같은 소리인가? 보통 때라면, '꿈도 야무지셔. 섬이 애들 장난감도 아니고 이렇게 덜컥 산다고 하다니. 이 남편 믿고 살아도 되나?' 하고 비웃었을 것이다. 그런데 섬과 내가 엮일 운명이어서 그랬는지, 그날따라 섬을 사자는 남편의 이야기가 그럴 듯하게 느껴졌다.

마침 당시 아주 유명세를 탔던 '스콜피오'라는 그리스의 섬이 떠올랐다. 그 섬은 미국 케네디 대통령의 미망인 재클린이 그리스의 갑부 오나시스와 결혼식을 올렸던 곳이었는데, 통 큰 오나시스가 결혼식을 올린 그 섬을 재키에게 결혼선물로 주어 또 한 번 화제가 되었다.

그때 내 나이 34살, 남편은 36살. 남편은 오나시스요, 나는 재키라고 착각할 만큼 젊은 나이였다. 섬을 사자던 때부터 이런 착각을 하기 시작하자 대단한 변화가 있었다. 그때까지 유치하다고 생각되던 남편이, 다정다감했던 결혼 전과는 달리 목석처럼 변해 '내 인생 속았구나' 하고 억울한 느낌을 갖게 했던 남편이 느닷없이 영화 〈애수〉의 그 미남 장교 로버트 테일러처럼 느껴지는 것이었다.

비비안 리도 되었다가 재키도 되었다가 하면서 내가 환상의 세계를 오가고 있을 때 남편이 아주 부드러운 음성으로 말했다.

"내가 이북에서 빈 몸으로 나왔잖아? 난 이북이 싫어. 공산주의라면 딱 질색이야. 그래서 38선에서 가능하면 아주 멀리 떨어진 남쪽에 가서 거길 고향 삼아 고기나 실컷 잡고 살았으면 좋겠어."

남편과 김 사장은 형제지간은 아니지만, 이 다음에 늙으면 아름다운 바닷가에서 고기나 잡으며 형제같이 살자는 계획을 했던 모양이었다. 물불을 가리지 않는 젊은 혈기와 모험심으로 가득했던 김 사장과 남편은 이미 환상에 푹 빠져서 냉정한 판단을 할 상황이 아니었다. 섬을 사고 싶어서 몸이 달았던 두 사람은 결국 나마저 설득하고 말았다.

두 남자는 내가 분위기에 약하다는 걸 잘 알고 있었기에 근사한 맥줏집으로 날 불러냈고, 그때나 지금이나 대책 없는 기분파였던 나는 그만 두 남자의 작전에 넘어가고 말았다. 내가 너무나 능력 있는 남편

을 만난 복 터진 여자라는 생각에, 세 사람 모두 평생의 꿈을 이루는
일이라는 생각에 나는 앞뒤 재지도 않고 흔쾌히 동의하고 말았다. 분
위기가 웬수다.

"그래요, 그것도 좋겠네요. 삽시다!"

그저 화려하게 즐기면 될 줄 알았던 그 섬 '외도'가 내 인생의 물줄
기를 이렇게 바꿔놓을 줄이야! 그땐 정말 몰랐다. '무대책이 대책'인
두 남자, 그저 의기투합해서 섬만 사놓으면 장밋빛 새 인생이 시작되
리라고 믿는 그 돈키호테들을 믿고 나는 '섬을 산다'는 것에 환호했
다. 외도가 서울에서 얼마나 먼 섬인지, 경상남도 어디쯤에 붙은 섬인
지도 모르고 좋아했던 것이다.

섬을 산다고 들떠있던 우리는 가족과 친지와 친구들을 소집했다.
버스를 한 대 대절해서 떠나며 나는 느긋하게 상상했다. 비치파라솔
이 세워진 백사장을 한가롭게 거니는 상상, 맑고 푸른 물결이 내 발을
씻겨주는 근사한 상상에 빠져 한참을 갔다.

그러나 길은 가도 가도 끝이 없었다. 몇 시간이나 갔을까? 눈앞에
남해가 보이기 시작했지만 버스는 크고 작은 섬들을 그저 스쳐 지나
가기만 할뿐이었다. 버스는 통영 앞바다를 지나 비포장도로로 들어섰
다. 엉덩방아를 몇 시간이나 찧으면서 모두가 지쳐 가는데도 쉼 없이
달리기만 했다. 이제 누구도 섬에 대한 호기심이나 관심 따위는 없어
진 듯했다. 원망 어린 눈빛으로 버스를 따라 이리 흔들, 저리 출렁하
는 일행들을 달래려 남편은 "이제 조금만 더 가면 섬이 나타납니다"
하고 몇 번이나 말해야 했다.

차가 비킬 수 없는 좁은 길들, 20~30분 만에 간신히 차 한 대 지나가는 걸 구경할 수 있는 곳을 버스는 달려가고 있었다. 차가 지나며 일으키는 먼지가 버스 안으로 쏟아져 들어와 아이들은 콜록콜록, 죽을 지경으로 기침을 해댔다. 어른들도 심하게 멀미를 했다. 돌이 차 밑바닥을 긁는 소리가 요란했다. 잠시도 의자에 엉덩이를 붙일 수 없을 만큼 요동치는 차 안에서 나는 생각했다.

'최호숙이 잡초같이 살다가 슬프게도 이제 거제도 구석에서 죽게 생겼구나. 어설프게 재키 흉내 한번 내보려다가 벌도 참 험하게도 받는다. 이 시골구석에서 혹시라도 죽으면 장사를 어떻게 지내지? 누가 이 먼 곳까지 찾아와 울어줄 것이며, 도대체 어떻게 돌아갈 수 있단 말인가!'

한번 비장한 생각이 들자 좀처럼 사라지지 않았다. 버스에 흔들리는 내내 내 인생도 함께 불안정하게 흔들리며 멀미를 하는 것 같았다.

아침에 떠난 우리 일행은 밤 10시에 거제도 앞바다 구조라 항이란 곳에 도착했다. 버스에서 내린 일행들은 이곳저곳에서 토악질을 또 하기 시작했다. 비릿한 바다 냄새가 피곤에 지친 우리들을 공격해왔다.

"어이, 이리 와! 아니, 그쪽으로 더 가까이 와봐!"

으스름달밤에 바다 쪽에서 큰 소리들이 오가더니 잠시 후 커다란 고깃배가 한 척 다가왔다. 지친 일행을 태우고 배는 바다 가운데로 나아갔다. 밤바다는 생각보다 훨씬 무서웠고, 겁에 질린 일행들은 말이 없었다.

시간이 얼마쯤 흘렀을까? 뱃사람들은 우리 일행에게 이제 내리라고 큰 소리로 말했다. 하지만 우리는 두려움에 사로잡혀 움직일 수가 없었다. 뱃전에 서서 관솔불을 들고 내리라고 소리 지르는 뱃사람들이 마치 〈신밧드의 모험〉에 나오는 해적들처럼 보였다. 두려운 밤바다, 남도의 사투리, 뱃사람들의 거친 억양. 섬사람들의 말소리는 크기만 하고 도무지 무슨 소리인지 알아들을 수가 없었다.

나는 어미닭이 새끼를 품고 앉았듯이 아이들을 끼고 앉아 꼼짝도 하지 않았다. 그러다가 문득 이런 생각이 들었다.

'무책임한 남편을 믿고 멀미하며 모두 여기까지 왔는데, 죽어도 우리 식구가 먼저 죽어야지.'

나는 용기를 내어 일어섰다. 그리고 용감한 포로가 죽음 앞에 나서듯 비장한 심정으로 배에서 내렸다. 다리가 후들후들 떨렸다. 너무 힘들고 두려워서, 너무 막막해서……

그렇게 해서 우리 가족과 친지, 친구로 이루어진 일행은 외도에 차례차례 첫 발을 내딛게 되었다. 이제 달빛도 차차 사라지고 칠흑 같은 어둠만이 우리를 맞았다. 암흑 속을 더듬거리며 내딛는 발길에는 뾰족한 돌과 바위가 수도 없이 채였다.

일행들 중 누구도 원망의 말 같은 건 하지 않았다. 체면 같은 것도 다 잊었다. 오직 한 걸음 한 걸음에 신경을 쏟으며 '살아야 한다'는 비장한 각오로 걷고 또 걸었다. 절박하고 비장하게 사투를 벌이며 숙소까지 올라갔건만, 우리의 고생은 끝난 것이 아니었다. 모기와 지네, 그리고 낯모르는 벌레들이 우리를 기다리고 있었다.

이튿날 아침, 눈을 떠 곰곰 생각해 보니 참 기가 막혔다. 이 세상에

불가능한 낙원을 만들어라...   **25**

자상하고 멋진 남자도 많고 많건만 나는 어쩌다 이렇게 허황된 남편을 만나 이 고생을 하는가 싶었다. 돈키호테 때문에 죽어라 고생하는 로시난테가 꼭 내 꼴인 것만 같았다. 남편의 어설픈 계획과 선전만 믿고 불러온 일행들에게 미안해서 낯을 들 수가 없었다.

12시가 되어서야 우리는 제대로 된 식사를 할 수 있었다. 전날 아침 일찍 떠나 버스에 시달리며 왔던 우리는 그 다음 날 낮에야 비로소 외도를 제대로 보게 되었다. 한숨이 절로 나왔다. 내가 상상했던 아름다운 해변 같은 것은 있지도 않았다. 빠삐용이 탈출한 섬보다 더 깊은 절벽이 나를 기다리고 있었다. 낭만적인 꿈에서 현실로 갑자기 이동한 내게 그 절벽이 꼭 내 삶의 절벽처럼 느껴졌다. 절벽 앞에서 망연자실 서 있자니 남편이 나를 달래려는 듯 한 마디 던졌다.

"이 앞바다가 바로 태평양이야."

그 말은 나를 전혀 위로하지 못했다. 절벽으로 달려드는 하얀 파도가 내게 묻는 것 같았다. 내일은 또 어떤 운명이 펼쳐질지 아느냐고.

그날 오후엔 다소 마음이 안정되어 편해지기 시작했다. 같이 간 손님들의 깔깔 웃는 웃음소리도 이따금 들리기 시작했다. 시원한 바닷바람에 내 머리카락이 휘날려 머릿속까지 시원한 기분이 들었다. 고개를 쳐들고 바다를 향해 '야호! 야호!' 하고 소리도 질렀다.

나는 오솔길을 따라 능선에 올랐다. 우리가 잤던 남루한 초가집과 그 위쪽으로 흩어져 있는 여섯 채의 초가집들이 눈에 들어왔다. 정겨운 오솔길 너머로 보이는 고구마밭과 채소밭들, 그리고 비탈진 경사

외도에서 바라본 해금강

면에 일군 밭들이 푸르고 싱그러웠다. 능선을 따라 올라갈수록 시원한 바람이 얇은 바지까지 흔들어 놓았다.

능선에서 보니 아주 멋진 섬이 보였다. 나는 뒤따라 올라오는 남편을 다급하게 불렀다.

"여보, 여보! 빨리 좀 와 봐요. 저 섬은 무슨 섬이야?"

"저게 바로 그 유명한 해금강이야."

1971년에 국내 명승 2호로 지정된 유명한 해금강. 그 절경을 바라보고 있으려니 가슴이 벅찼다. 남편은 언제 준비했는지 미군 부대에서 쓰다 버린 헌 망원경을 내게 건네주었다.

"잘 보여? 멋지지? 저게 사자바위야. 저곳에 가면 십자 동굴이 있는데 정말 기가 막힌 절경이야. 내일 저길 가보자구. 자, 여기서 조금만 더 올라가면 동섬이 보일 거야."

나중에 안 일이지만 외도는 본섬, 동섬, 작은 바위 네 개를 합쳐서 부르는 이름이었다. 이런 귀한 것들이 우리 섬이라고 생각하니 마음이 뿌듯했다.

사람 마음이란 참 간사하기도 하지. 어제까지 빠삐용 신세 같았던 그 마음은 어디로 사라지고 없는지, 오늘은 다시 재키의 꿈이 솔솔 솟았다.

바위 위에 올라 발뒤꿈치를 살짝 들고 바다를 보았다. 멀리서 볼 때에는 호수 같은 잔잔한 바다였는데 가까이서 내려다보니 물이 빙그르르 돌아 바위를 탁 치고 돌아가며 거센 물줄기를 이루고 있었다. 물줄기는 다시 더 큰 힘으로 바위를 치기도 하고, 소리 없이 조용히 물러

나기도 했다. 마치 리듬을 타고 노래하는 듯 물이 살아서 숨 쉬는 것
같았다.

동섬의 바윗덩어리들은 조각가가 빚어놓은 웅장한 예술품 같았다.
멀리 보였던 해금강이 우리 앞마당의 정자라면 동섬과 내도는 이웃하
고 있는 옆집처럼 친근감이 느껴졌다.

나는 오후 내내 동섬도 내려다보고 동백 숲도 거닐었다. 어느새 내
원망 어린 눈초리가 호기심과 애정으로 가득 찼다.

"와, 정말 근사하다, 근사해."

남편은 이제야 자신의 진가를 인정받았다는 듯 의기양양하게 말
했다.

"이까짓 것은 아무 것도 아니야. 배를 타고 외도를 한 바퀴 돌면 당
신은 더 놀랄 걸? 작은 섬이 사실은 더 보석이라구. 아까 당신 봤지?"

이제 그의 목소리는 점점 커지고 있었다. 기분이 좋아졌는지 헛기
침을 해대며 껄껄 웃고 있었다. 돈키호테 같고, 대책 없던 남편이 문
득 또 아랑드롱 빰치게 멋져 보였다. 훤칠한 키, 우뚝 선 콧날, 선량하
게 생긴 눈, 내가 저 인상에 반한 것 아니겠는가. 세상에서 가장 멋진
내 남편은 자신의 위대한 선택을 알려주고 싶은 마음이 급해서인지
나를 여기저기로 이끌고 다녔다.

다른 사람들도 우리를 따라오느라 바빴다. 아이들은 어느 틈에 비
탈진 밭에 내려가 흐드러지게 핀 꽃도 한 아름씩 꺾어 왔고, 남편은
경사진 밭에 들어가 딸기도 따왔다. 나중에 알고 보니 그게 그 유명한
거제 딸기였다. 해가 질 때가 가까워졌는데도 무섭기는커녕 낭만적인

느낌이 더 깊어졌다. 나는 감상 어린 눈빛으로 남편을 쳐다보았다.

"내가 시인이었으면 더 좋았을걸."

그 아름다운 바다의 빛깔과 하늘의 빛깔, 석양에 물들어가는 산의 아름다움을 어떻게 묘사할 수 있을까. 어디서나 바라보이는 곳은 바다뿐인 섬. 남쪽은 태평양, 동쪽은 부산, 그리고 거제도 큰 섬들이 병풍처럼 둘러싸고 있는 곳. 나는 두 손을 입에 대고 실컷 바다를 부르며 불어오는 서풍을 가슴 속까지 가득 받아들였다.

돼지에게서 배운 희망

남편이 이 섬을 사게 된 것은 정말 우연이었다. 동업자인 김 사장과 함께 거제도 부근의 섬에서 낚시를 하다 풍랑을 만난 것이 발단이었다. 두 사람은 육지로 나오지 못해 가장 가까이 있는 섬으로 피신을 했는데, 그곳이 바로 지금의 외도였다.

외도의 아름다움에 반한 남편과는 반대로, 외도에 살고 있던 주민들은 육지로 나가지 못해 안달이었다. 남편이 묵었던 초가집 주인 노인은 남편이 섬에 반한 것을 알고 죽기 살기로 매달렸다. 이 집과 땅을 살 사람을 좀 찾아달라고, 육지에 나가서 살아보는 게 소원이라고 떼를 썼다.

남편이 서울로 돌아온 얼마 후, 노인은 우리 집 주소만 가지고 그 먼 서울까지 직접 찾아왔다. 그래도 안 되자 아들까지, 그것도 두 번이나 우리 집으로 보냈다. 그러나 투기와는 전혀 거리가 멀던 그 외딴 섬의 땅을 살 사람을 어디서 찾을 수 있겠는가. 그래도 노인은 포기하지 않았다. 이제 남편의 바짓가랑이를 잡고 늘어졌다. 남편이라도 사 달라고.

남편은 얼떨결에 노인의 땅을 사기로 결심하고는 내 허락을 받았 다. 전체 여섯 가구 중 한 집을 사고 보니 꿈이 점점 더 커졌는지, 조 금씩 땅을 더 사들여 3년 만에 전체 섬을 샀다. 한 집, 두 집 육지로 나 가면서 남은 집들도 덩달아 육지로 나가려고 애썼던 것이다.

우리 부부는 당시 교사로 일해서 악착같이 모은 돈을 사업자금으로 하여 동대문시장에서 직물상을 하고 있었다. 덜컥 섬을 사기는 했지 만, 이 섬이 우리 삶과 확실하게 연결된 곳이 되기 위해서는 경제적 자립을 이룰 무언가가 필요했다. 지금 생각해도 아주 현실적인 방향 이었던 것 같다.

외도를 사들인 후 우리는 어떻게 하면 이 섬에서 무언가를 생산해 낼 것인지 고민했다. 맨 처음 생각해 낸 것은 밀감농장이었다. 신문에 서 읽었던 밀감이 남해안에서도 자란다는 기사만 믿고 결정했다. 그 당시 제주도에는 밀감 사업이 한창이었고, 밀감나무 세 그루만 있으 면 아들을 대학에 보낼 수 있다는 말이 돌던 시절이었다.

제주도에서 밀감농장을 했다는 상이용사 한 분을 아는 사람에게서 소개받았다. 제주도를 방문한 우리는 일주일간 여관에서 머물며 농장 운영에 대해 배웠다. 밀감에 조생, 중생, 만생이 있다는 기초지식도 그때 처음 알았다.

우리는 밀감나무를 심는 법부터 배웠다. 밀감나무는 6년생이 가장 좋다기에 6년생 나무를 3천 그루나 샀다. 사실 외도 정도의 넓이에는

500그루가 가장 알맞았지만, 정확한 정보 얻기가 너무 힘들던 그때는 모든 것을 주먹구구식으로 하다 보니 시행착오를 거쳐야만 했다.

밀감나무를 한 배 가득 싣고 우여곡절 끝에 외도에 도착했다. 나무를 심기 위해 인부 20명을 구했는데, 거제도에서 갑자기 20명을 모을 수 없어 전라도까지 가야 했다. 그들은 고깃배를 타고 들어와 한 달가량 머물면서 일을 했다. 현장 소장이었던 강수일 과장의 지휘 하에 우리는 곡괭이와 지게를 이용하여 나무를 심었다.

외도에서 가장 현대적인 장비는 리어카였다. 리어카로 큰 짐들을 대충 옮긴 후에는 작은 짐으로 쪼개어 등짐을 지고 날랐다. 농사일에는 전혀 경험이 없던 우리는 괭이로 땅을 고른 후 무턱대고 밀감나무를 조밀하게 심었다. 그 뒤 물을 줘야 했는데, 관개시설이 없는지라 샘물에서 플라스틱통에 물을 가득 실은 뒤 어깨에 메고 날랐다.

온갖 고생을 하면서도 잘 자라주는 밀감나무를 보면 희망이 샘솟았다. 5,6년이 지나자 밀감이 주렁주렁 매달렸고 시험 삼아 몇 박스 따본 밀감은 아주 맛이 좋았다. 그러나 하늘도 무심하시지, 왜 하필 그때 한파가 들이닥친 걸까.

갑자기 강추위가 불어 닥치더니, 며칠 만에 수확 직전의 밀감이 다 얼어 죽고 말았다. 한파의 가능성은 생각하지 않고 신문기사만 믿고 시작한 것이 잘못이었다.

"큰일 났어. 끝장이야. 돈도 여기 다 쏟아 부었는데……."

"다 죽진 않았겠지. 새 이파리가 밑에서 나오겠지."

허탈한지 남편은 똑같은 말만 되풀이했다. 나도 억장이 무너지는

데, 여기서 과연 무엇을 할 수 있을까 앞이 막막한데, 남편은 괜히 나까지 원망하는 말을 했다.

"왜 나를 원망해?"

"당신도 하자고 했잖아."

"밀감이 죽었다고 우리가 다 죽어?"

"죽으려면 빨리 죽지 왜 5,6년이나 고생시키고 죽어? 이제 저 빈 울타리는 어떡하지?"

"베려면 그것도 인건비가 드니까 그냥 내버려둬."

한파가 지나간 뒤 남은 것은 남편의 원망 한 보따리와 한파 직전에 땄던 밀감 스무 박스, 편백나무로 만든 방풍림뿐이었다.

돼지를 키우는 것은 우리가 제법 모험심을 갖고 시도한 새로운 사업이었다. 이제 무엇을 하나 고민하고 있었는데, 당시 신문에 난 기사, 지인들의 이야기에 의하면 돼지가 크게 돈이 된다고 했다. 나무를 심어놓고 5,6년을 기다려야 했던 밀감과는 달리 돼지는 1년이면 승부를 볼 수 있다는 이야기에 남편은 귀가 솔깃했다.

먼저 어미 돼지를 여덟 마리 사서 길렀다. 일 년을 키우니까 새끼를 낳아서 어느새 80마리가 되었다. 강수일 과장은 어디서 배웠는지 돼지우리 지붕을 멋지게 만들었다. 돼지 소리는 시끄러워도 외도는 제법 낭만적인 섬이 되었다. 산과 들에서 지천으로 피는 들꽃들이 아름다웠고, 푸른 바다의 풍광은 돼지우리도 마치 하늘의 구름처럼 느끼게 했다.

쑥쑥 자라는 돼지들은 우리를 다시 '희망'이라는 단어로 가득 채웠다. 우리는 나뭇가지로 뒷다리를 툭툭 치며 어미 돼지를 쫓기도 하고, 어린 돼지를 번쩍 들고 뛰기도 했다. '밀감나무를 심는 대신에 진작 돼지를 키웠으면 벌써 자립할 수 있었을 텐데' 하는 뒤늦은 후회가 생겼을 만큼 우리는 희망으로 가득 차 있었다. 모기떼에 뜯기고, 달라붙는 파리 떼에 시달리면서도 돼지 키우는 일에 헌신적으로 매달려준 강 과장 내외가 얼마나 고마웠는지 모른다.

희망의 돼지가 무럭무럭 자라 팔 수 있을 만큼 무게가 나가게 되었을 때 맙소사, 돼지 파동이 터졌다. 돼지 값보다 사료 값이 더 비싼 이상한 사태가 일어나, 아무리 싸게 돼지를 팔려고 해도 도무지 팔리지 않았다. 강 과장은 한숨을 쉬며 말했다.

"큰일 났습니다. 사료도 살 돈이 없고 팔아넘기려고 해도 팔리지를 않으니……."

왜 하필 또 이때일까. 며칠 전에만 돼지를 팔았어도 크게 이익을 볼 수 있었을 텐데. 최소한 손해는 보지 않았을 텐데…….

우리는 또다시 절망했다. 비싼 사료를 감당하기 어려워 사료를 좀 적게 준 날이면 돼지들은 섬이 떠나가라고 꽥꽥거렸다. 희망적일 때는 그 소리도 예쁘게 들리더니 돼지 파동이 일어난 후에는 그 소리가 그야말로 '돼지 멱따는 소리'로 괴롭게 들렸다.

아무리 상황이 힘들어도 돼지들을 굶겨죽일 수는 없는 일이었다. 고민 끝에 우리는 돼지들을 배에 싣고 일단 육지로 데려가서 해결방법을 찾기로 했다.

외도분교 운동장에 키우던
돼지 80마리는
당시 우리에게 희망과
더 큰 인내를 가르쳐주었다.
돼지 농장 자리에 지금은
아름다운 비너스 가든이
자리 잡고 있으니,
상전벽해가 따로 없다.

안 좋은 일은 원래 한꺼번에 일어나는 법. 돼지 몇 마리를 배에 가까스로 싣고 육지로 향하고 있는데 배 안에서 돼지 한 마리가 갑자기 날뛰기 시작했다. 분위기에 휩쓸린 다른 돼지들도 이리저리 날뛰면서 배가 흔들리더니, 마침내 배가 뒤집히고 말았다. 배에 타고 있던 남편과 강 과장도 돼지들과 함께 바다에 풍덩 빠지고 말았다.

바다에 마치 한 점 부표처럼 뜬 하얀 돼지들, 그 사이에 같이 빠져 허우적거리는 남편과 강 과장. 다른 배에 타고 있던 나는 제 정신이 아니었다. 허우적거리는 남편을 바라보며 얼마나 겁에 질렸던지.

"사람 살려! 돼지 살려!"

인적 드문 바닷가엔 내 절박한 비명을 듣고 도와줄 사람 그림자도 보이지 않았다. 다행히 강 과장은 섬사람이라 재빨리 뒤집혀진 배를 바로 잡고 배에 다시 탔다. 노를 저으면서 남편을 태우려고 했지만 남편은 대동강 근처에서 수영하며 어린 시절을 보낸 실력으로 돼지들을 한 곳으로 몰고 있었다. 바다에서 돼지 몰이라니…….

그 와중에도 신기했던 것은 바다에 빠진 돼지들이 본능적으로 수영을 한다는 사실이었다. 꽥꽥거리는 소리를 내면서 금방이라도 죽을 듯하면서도 필사적으로 수영을 했다.

미련한 동물에 비유되는 돼지들도 저렇게 살려고 눈물겹게 발버둥을 치는데, 아무리 어려운 일이 있어도 사람이 희망을 버릴 수는 없지 않은가! 돼지들의 본능적인 수영을 보고 있자니 엉뚱하게도 끈질긴 희망 같은 게 속에서부터 솟아올랐다. 파란 바다를 배경으로 허우적거리는 돼지들이 내게 희망을 버리지 말라고, 죽어라고 발버둥치면 이렇게 살 수 있다고 가르쳐주는 것 같았다.

바다 한가운데서 나는 눈물을 쏟았다. 삶이 질기고 희망이 질겨서 말이다.

육지에 도착한 후 만난 마을 사람들에게 우리는 돼지를 몽땅 나누어주었다. 한때는 엄청난 값을 받고 팔 수 있는 우리 재산이었지만, 더 이상 어떻게 할 방법이 없었다.

돼지 파동 후에도 희망을 절망으로 바꾸는 시련은 너무나 많았다. 그러나 그때마다 돼지들의 필사적인 수영이 떠올라 나를 일깨워주었다. 죽을 것처럼 힘들었던 시기들을 잘 헤쳐나갈 수 있도록 미리 훈련을 받은 것 같기도 하다.

지금은 외도를 대표하는 아름다운 비너스 가든이 바로 돼지들이 자라던 곳이다. 조각상과 꽃으로 가득한 비너스 가든에서 나는 가끔 돼지들의 꿀꿀거리는 소리를 듣는다. 외도를 아름다운 관광지로 개발할 원초적인 힘과 끈질긴 희망을 준 돼지들을 생각할 때마다 그때의 절박했던 심정이 생생히 떠오른다.

막노동꾼 사장

돼지 농장이 망한 후 우리는 몇 년간 갈피를 잡지 못하고 있었다. 마음 한구석에는 늘 정원을 꾸며보고 싶다는 막연한 꿈을 간직하고 있던 나는 틈틈이 책, 잡지 등을 보며 정원에 대해 스크랩을 했고, 식물을 사서 외도에 작은 규모로 심어보곤 했다.

하지만 그때 사회 분위기로는 그저 즐기기 위해 꾸며놓은 공간 같은 것은 입 밖에 낼 수도 없었거니와, 그런 사업은 상상도 할 수 없었다. 뭔가를 심어서 생산하거나 먹고 사는 데 직결되는 것만이 인정받던 시대였고, 즐긴다는 것은 사치 허영으로만 치부되던 시대였기 때문이다. 그래서 지금 당장에는 밀감 농장, 돼지 농장을 해서 돈을 번 다음 막연히 먼 미래에 아름다운 정원을 가꿔야겠다는 생각만 품고 있었다.

얼마 후, 동백나무를 키워보면 어떨까 하는 생각이 들었다. 우리는 씨를 심어서 큰 나무가 될 때까지 5년간 기른 뒤, 동백나무 5천 주를 나무 도매상에게 팔았다. 외도에서 처음으로 수익을 낸 사업이었다.

그렇게 몇 년이 지나자 남해안에도 관광사업 붐이 서서히 일기 시작했다. 급속한 산업화로 절대 빈곤을 벗어나자 시간이 있을 때 경치 좋은 곳으로 '관광'이란 것을 다니는 사람들이 생겨났다.

우리는 관광농원 사업을 해도 괜찮을 것 같다는 생각이 들었다. 외도에서 동백나무를 심어보니 그렇게 잘 자랄 수가 없는데다, 주변의 자연경관과도 잘 어우러져 보는 사람마다 감탄을 했기 때문이다. 게다가 정원을 가꾸고 싶어 하던 내 꿈과도 크게 멀어지지 않아서 더욱 좋았다.

우리는 몇 년간 나무를 심고 사람이 살 수 있는 기초를 닦으면서 선착장 공사를 했다. 처음 외도에 왔을 때는 선착장이 없어 배와 섬의 바위 사이에 널빤지를 걸치고 위태위태하게 건너다녔다. 바위에 긁혀서 피가 나고 소중한 물건을 바다에 자꾸 떨어뜨리다 보니 무엇보다도 선착장부터 만들어야겠다는 생각이 들었다.

그 간단한 구조물을 만드는 것이 외도 역사상 가장 힘든 공사였다. 바다 속부터 튼튼히 기반을 마련해야 되기 때문에 물이 가장 많이 빠져나간 시기인 매달 음력 '사리' 날에 시멘트를 쏟아부어야 한다는 시간적인 제약이 있었다. 재료 확보와 인력 확보도 힘들었다. 육지에서 시멘트, 모래, 자갈 등 재료를 산 뒤, 손에 잡고 나를 수 있도록 일 인분씩 따로 포대에 담아, 그것을 조그만 배 위에 일일이 날랐다.

배가 섬에 도착하면 재료를 다 내린 뒤, 날짜를 맞춰 인부들을 부른 뒤 잽싸게 작업을 진행하는 것이다. 그렇게 힘들여서 작업을 한 다음

날 흔적도 없이 공사한 구조물이 날아간 적도 있었고, 며칠 잘 견딘다 싶더니 여름 태풍이 지나간 후에는 무심한 파도만 일렁이고 있었던 적도 한두 번이 아니었다. 그렇게 칠전팔기로 만든 곳이 지금의 선착장이다.

외도에 전시할 물건을 하나라도 사려면 서울로 올라가야 했다. 당시 모든 상품이나 물건들은 서울에만 집중되어 있어, 조각, 나무, 새로운 집 재료, 작은 장식 등을 안목 있게 제대로 고르려면 결국 서울로 가야 했다.

마음에 꼭 드는 물건이 있어 값을 깎아서 산 기쁨도 잠깐, 문제는 운반이었다. 우리는 여기저기서 묘목을 사 모으다가 80주가 되면 짐을 쌌다. 밑바닥이 큰 보따리에 20주씩을 넣어 보따리 네 개를 만든 뒤, 남편과 내가 오른쪽 왼쪽으로 보따리 하나씩을 맸다. 그리고 목에는 지갑과 잡다한 것이 든 손가방을 맸다.

만반의 준비를 마친 뒤 집에서 고속버스터미널까지 택시나 버스를 타고 이동했다. 버스를 타고 부산에 도착한 후에는 택시를 타고 연안부두로 갔다. 거기서 배를 타고 장승포로 간 뒤, 장승포에서 또 택시를 타고 구조라항까지 갔다. 구조라항에서 작은 배를 타고 외도에 도착하면 서울에서 출발한 뒤 꼭 14시간이 지나 있었다.

묘목이 아닌 조각상이나 큰 물건들은 트럭을 빌려 옮겨야 했다. 핸드폰도 없던 시절이라 하루 전날 트럭을 빌릴 약속을 하면 취소도 할 수 없었다. 내일 몇 시에 우리 집 앞으로 와서 모아놓은 것을 다 싣고 거제도까지 가기로 약속을 한다 해도 트럭이 시간에 맞춰 오지 못하

불가능한 낙원을 만들어라...   **41**

거나, 내가 딴 일을 보느라 늦게 되는 경우가 허다했다.

"기사님, 이거 제가 혼자 보려고 가져가는 게 아니에요. 다음에 우리 섬에 꼭 와보세요. 알게 될 거예요. 그러니까 이것도 꼭 좀 실어주세요, 네?"

기사에게 아양 섞인 부탁까지 해가며 트럭 한가득 짐을 싣곤 했다. 무거운 조각상이나 화분을 가게에서 집으로, 집에서 트럭으로 옮기는데 인부를 살 돈이 없어 내가 직접 하다가 팔이 부러진 적도 네 번이나 되었다.

무사히 트럭에 실은 후의 문제는 포구에 도착한 다음이었다. 어두워진 이후에 도착하면 선주들이 위험하다고 배를 띄워주지 않았던 것이다. 서울에서 거제도까지 오느라 지칠 대로 지친 꽃과 나무들이 오늘 밤도 야외에서 보낸다면 분명히 죽고 말 텐데 어떡하나. 선주에게 사정사정해서 배를 띄운 것도 여러 번이었다.

그렇게 힘들게 외도까지 옮겨온 꽃과 나무들이 피어나면 얼마나 예쁜지! 그러나 가뭄이 들면 자식처럼 아끼던 식물들이 말라죽어갔다. 지금은 가뭄이 들어도 물 수백 드럼을 배로 공수해 올 수 있었지만, 당시에는 손 한 번 써보지 못하고 바라볼 수밖에 없었다. 그때마다 우리 마음도 타들어갔다.

장비가 부족해서 고생도 많이 했다. 산비탈에서 짐을 옮기다 보면 미끄러질 때가 많은데, 그때마다 조각상이나 화분 등을 깨먹었다. 남편은 먼지를 뒤집어쓰고 온 나를 보고 "수고했어"라는 말 한 마디는커녕, 내 뒤를 쫓아다니면서 "이건 깨졌네? 어이쿠, 저것도 깨졌어" 하

육지에서 구입하거나 만들어진 조각상들을 외도로 옮기는 것은 항상 큰 일이었다.
나는 직접 조각상이나 화분을 나르다가 네 번이나 팔이 부러졌다.

는 소리부터 했다.

말이 좋아서 사장이지 우리는 한 삽 흙이 얼마나 무거운지, 한 줄기 땀이 얼마나 고단한 것인지를 잘 아는 노동자였다. 하루 종일 땅을 파고 짐을 나르다 지쳐 쓰러진 날도 헤아릴 수가 없다. 그럴 때마다 '일하기 싫거든 먹지도 말라'고 말하며 지게를 지던 아버지를 생각하고 이를 악물며 다시 일어나곤 했다.

외도에 가뭄이 닥쳤을 때, 세수도 못하고 서울로 부랴부랴 올라간 적이 있다. 무더운 한여름 날이었다. 길거리에서 트럭 기사를 기다리고 있는데 갑자기 오랜 친구와 마주쳤다. 친구의 얼굴에는 당황한 빛이 역력했다. 내 차림을 보니 빛바랜 청바지와 흙 묻은 티셔츠를 입고 시골 바닷가에 그을린 얼굴을 가리느라 모자를 푹 눌러쓴 거지같은 몰골이었다. 그 친구가 소문을 냈는지, 얼마 후부터 "최호숙이 망했나 보다"는 소문이 돌기 시작했다. 기분이 좋을 리가 없었다.

그래도 나는 뭔가에 홀린 사람처럼 돌아다녔다. 청계천 헌 책방으로, 이태원 골목으로, 홍대 앞과 이대 앞거리로 무수히 쏘다니면서 되는대로 사진도 찍고, 눈에 띄는 물건들을 구입하면서 쏘다니다가 저녁 늦게 집으로 돌아오면 세수할 기력도 없이 곯아떨어지곤 했다.

"돈 없다면서 왜 자꾸 이런 걸 사와요? 집에는 두지도 않을 거면서……."

집에 돌아오면 아이들이 나를 못마땅해 했다. 엄마가 저녁을 먹었는지 물어보지도 않고, 차에서 물건 내리는 것도 마지못해 도와주는 아이들이 얄미웠다. 아이들은 '우리 엄마는 저렇게 사는 게 좋은가 보다' 하고 생각하는지 항상 외도 일에는 시큰둥했다. 애들은 애들 나름대로 다른 부모처럼 자상하고 평범한 가정적인 엄마를 원했겠지만, 나는 나 나름대로 내 일도 도와주고 말로나마 격려해주는 아이들을 원했나 보다.

사실 아이들은 외도 때문에 적지 않은 희생을 해야 했다. 늘 서울과 거제도를 오르내리느라 아이들은 친정어머니한테 맡겨야 했고, 휴가철이 되어도 여행 한 번 제대로 데리고 다니지 못했다. 엄마, 아빠와 함께 있고 싶다고 매달리는 아이들에게 반은 사정하고 반은 공갈협박을 해서 떼어놓고 외도에 미쳐 살았던 날들이었다. 남편은 붙박이별, 나는 떠돌이별 같이 세상을 더듬고 살았으니, 지나간 세월 동안 외도를 위해 자식들도 많은 희생을 했던 것이다.

서울에서 직물상을 하며 번 돈을 거의 모두 외도에 쏟아 붓기를 7여년, 직원에게 월급 주기조차 힘든 때가 한두 번이 아니었다. 그러나 우리는 시작한 일은 끝을 보고 싶다는 점에서 신통할 정도로 뜻이 같은 부부였다.

"이번에 외도에 가서 하룻밤만 자고, 모든 걸 다 포기하겠다고 말하고 돌아오자"고 결심하고 외도를 찾은 것도 여러 번, 그러나 다음 날이면 어김없이 "우리 여기 뭘 심을까? 저기는 이렇게 만들어 보면 어떨까?"를 의논하며 서울로 올라오곤 했다.

그 시절만 해도 지금처럼 손님들이 몰려오는 외도는 꿈도 꿀 수 없었다. 다만 뭐라도 해야 할 것 같아 부지런히 눈앞에 닥친 일만 할 뿐이었다.

눈물의 오픈식

남해안 일대가 '한려해상국립공원'으로 지정되고 해금강이 점점 유명해지면서 이 근처로 사람들이 많이 몰려오게 되었다. 그러나 해금강에는 내릴 곳이 없었기 때문에 이 모든 사람들이 외도로 왔다. 낚시꾼과 관광객들은 우리 섬에 내려 약수를 마시고, 바위에 걸터앉아 시원한 바닷바람을 쐬며 좋아했다. 병풍처럼 펼쳐진 거제도의 해안선을 바라보며 이렇게 아름다운 섬이 있는지 몰랐다고 칭찬들을 했다. 그러다 보니 하루에 500~600명까지 다녀가는 수준이 되었다.

1992년에는 우리 외도가 '문화시설지구'로 지정되었다. 아무 기약도 없이 섬을 사 모든 것을 쏟아 부은 지 20여 년만의 일이었다.

사실 이 일대가 국립공원으로 지정되었다는 소식을 들었을 때, 우리는 그것이 무슨 의미인지 몰랐다. 요즘과 같은 관광자원, 환경보호개념이 없어 좋은 건지 나쁜 건지도 몰랐다. 다만 시간이 흐르면서 국립공원 내에서는 나무를 베거나 집을 짓는 등의 개발이 불가능하다는 것을 알게 되었다. 우리가 꿈꾸던 관광농원을 하려면 개발 작업이 불가피했기에, 외도는 문화시설지구로 꼭 지정을 받아야 했다.

서류를 들고 관청을 왔다 갔다 하길 10년째, 드디어 허가가 떨어졌다. 우리는 3년간 집을 설계하고 지었다. 손님들을 정식으로 받을 수 있도록 매표소와 안전시설물, 화장실, 기념품점 등의 편의시설까지 모두 마련했다.

이제 사람들 앞에 아름다운 정원으로 내보일 수 있겠다 싶은 생각이 들던 무렵, 거제도청을 비롯한 주변에서도 어서 개원하라고 재촉했다. 조금 더 준비한 뒤 완벽한 모습으로 오픈하고 싶은 욕심은 있었지만 결국 1995년 4월 15일, 외도해상농원 개원식을 하게 되었다.

우리는 좀 더 튼튼한 선착장을 만든 후 대통령을 비롯하여 각계각층의 인사 수백 명에게 초대장을 발송했다. 나는 석 달 전부터 인사말을 쓰고 또 고치기를 반복하며 공을 들인 뒤 연습까지 했다. 행사 때 입을 멋진 베이지색 투피스도 미리 사 두었다.

대망의 오픈식 전날. 나는 친구, 친지들과 요리사 두 명을 섬으로 불러들여 500인분의 음식을 준비했다. 한 많고 사연 많은 내 인생, 멋진 오픈식으로라도 보상 받고 싶었다. 초라한 몰골로 망했다는 소문까지 들으며 고생했던 세월은 멀리하고, 보란듯이 멋진 파티를 벌여 사람들의 축하와 격려를 받고 싶었다. 그동안 시간이 없어 고마움의 표시 한 번 못하고 지냈던 분들, 만나고 싶어도 짬을 내기 어려웠던 사람들에게 최고로 맛있는 식사를 대접하고 싶기도 했다.

사람들과 웃고 떠들면서 전을 부치고 있는데, 남편이 지나가다 말

고 고개를 갸우뚱하며 말을 했다.

"내일 비가 올지도 모른데."

"일기예보가 맞기나 해?"

불안하긴 했지만, 나는 믿고 싶지가 않았다.

'에이 설마, 한 달 전부터 초청장까지 다 발송했는데 하필 내일 비가 오겠어?'

나는 불안감을 잊기 위해 더 열심히 일했다. 저녁이 되어 일을 다 마친 후 음식마다 비닐로 싸고 보자기로 덮었다. 500인분의 음식이 들어갈 냉장고도 없던 때라 집 앞 마당에 그릇들을 가지런히 놓아두었다.

'이제 자야지' 하고 눕는 순간, 멀리서 '우르릉 쾅!' 하는 소리가 들려왔다. 나는 용수철 튕기듯 일어나 밖으로 뛰어나갔다. 아직 비는 오지 않는데 저 멀리서 천둥소리만 들려왔다. 손님들과 요리사, 남편까지 다 잠든 그 시각, 나는 마음이 불안해서 한숨도 못 차고 계속 들락날락하며 하늘만 바라보았다.

밤새 천둥소리가 점점 가까워지더니, 새벽부터 비가 억수같이 쏟아지기 시작했다. 외도에 있는 우리 집은 마루도 천정이 없이 뚫려 있는 공간이라 음식을 치워둘 곳이 전혀 없었다. 자고 있던 사람들이 깜짝 놀라 일어나 광주리를 옮기고 솥뚜껑을 덮고 하며 법석을 떨었다.

서울에서 오는 사람들은 이미 비행기를 탔을 텐데 오지 말라고 연락할 수도 없고, 어떡하나. 뉴스에서는 우리 섬 주위에 폭우주의보가 내렸다고 했다. 금세 파도가 높아져서, 잠시 후면 육지로 나갈 수도 없을 것 같았다.

결국 서울에서 오는 손님들을 실망시키지 않기 위해서는 우리가 거제도로 나갈 수밖에 없다는 결론을 내렸다. 우리 부부와 직원 몇 명은 괜찮은 음식을 골라 주섬주섬 싸서 조각배에 실었다.

거제도 사람들은 날씨가 나쁜 것을 알고 거의 나오지 않았지만, 서울에서는 100명 가까운 사람들이 내려와 있었다. 우리는 평소 잘 알고 지내던 분의 건물 강당을 빌려 행사를 진행했다. 오래전에 준비해둔 베이지색 투피스가 아닌 낡은 청바지 차림으로 사람들 앞에 인사를 하러 나선 나는 기어이 눈물을 뚝뚝 흘리고야 말았다. 내 친구들은

"그렇게 고생하더니 오픈식 날마저 이렇게 일이 꼬이니……" 하면서 나를 위로했다.

횟집에서 회를 시켜 가져간 음식과 함께 사람들과 나눠먹고 있는데, 뉴스에서 폭우주의보가 해제되었다고 했다. 그와 동시에 거짓말처럼 햇볕이 쬐기 시작했다. 4미터 높이까지 날뛰던 파도가 어느 정도 잦아들자 남편이 섬으로 들어가자고 했다. 사람들도 어서 외도로 들어가자고 했다.

우리는 급히 유람선을 빌려 100명이 넘는 사람들과 함께 섬으로 들어왔다. 그리고 3시부터 전망대가 있는 곳에서 다시 한 번 오픈식을 했다. 화장도 못 하고 비를 쫄딱 맞은 몰골이었지만, 나는 기어이 베이지색 투피스를 꺼내 입고 나섰다.

남편은 준비한 인사말을 읽어 내려갔다.

"27년 전, 이 섬에 내려온 우리 부부는 하나님이 주신 아름다운 자연, 바다와 섬과 산이 어우러져 만나는 이곳 외도에 아름다운 농장을 일구고 싶다는 소망을 가슴에 새겼습니다. 여름이면 어김없이 찾아오는 태풍, 태풍이 쓸고 지나간 뒤에 남는 좌절과 절망, 외부와의 교통이 단절된 속에서 느끼는 고독과 싸우며 우리는 그 꿈 하나를 위해 달려왔습니다. 섬을 개발한다는 것도 식물을 기르는 것도 처음이라 많은 좌절과 시행착오도 겪었지만 꿈이 있기에 우리는 견딜 수 있었습니다. 전깃불 하나 없는 섬, 호롱불 밑에서 고구마와 무청 김치 하나만 놓고도 너무 행복했습니다. 이 섬에 나무 한 그루, 풀 한 포기라도 사서 들고 오려면 열두 번 이상 기차와 버스, 배를 갈아타는 어려움을

50

겪어야 했지만, 무거운 짐을 직접 들고 나르느라 우리 집사람은 팔다리가 몇 번이나 부서졌지만, 그래도 포기하지 않았기에 오늘의 식물원을 만들 수 있었습니다. (중략) 외도는 아름다운 자연을 만나 감상하고, 그 자연 속에서 음악을 들으며 자신을 되돌아보고, 인간의 순수성을 회복하는 휴식과 문화의 공간입니다. 그래서 외도를 다녀간다는 것은 눈과 귀를 닫고 춤과 노래에만 열중하여 여행 뒤에 오히려 휴식이 필요한 그런 장소가 아니라 조용한 섬에서 몸과 마음의 피로를 푸는 진정한 휴식처가 되도록 만들 것입니다. (중략) 아무 것도 아닌 저희들에게 이 아름다운 섬을 관리 감독할 수 있는 지혜를 주신 하나님께 감사드리며 이 섬의 청지기 역할을 잘 해서 천국 같은 섬이 될 수 있도록 기도하며 더욱 더 노력하겠습니다."

외도를 휴식처이자 조용한 문화공간으로 만들겠다는 결심은 당시 우리 부부에게는 엄숙한 지상과제와도 같은 것이었다. 우리는 교직은 떠났어도 교육자적인 양심으로 더 열심히 공부해서 관광과 휴양의 모범을 보일 그럴 공간을 만들겠다고 다짐했다.

파란만장한 오픈식을 치르며 우리는 이제 고생은 끝났다고 생각했다. 며칠 후부터 닥칠 일은 꿈도 꾸지 못한 채. 눈물의 오픈식보다 더 힘든 사건들이 우리를 기다리고 있었다.

성공이 불러온 시련

개원식을 마친 후 우리는 열흘간 더 준비하고 시설물을 점검했다. 드디어 첫 손님을 받기로 한 4월 25일 아침.

남편은 양복을 입고 넥타이를 매며 신이 나서 말했다.

"이제 손님들이 들어오면 우리 생활도 유지될 거야. 손님들이 많이 왔으면 좋겠다. 어떤 사람들이 올까?"

나도 작업복을 벗고 예쁜 옷으로 갈아입고 남편과 함께 선착장 앞으로 나갔다. 저 멀리서 유람선이 보이기 시작하자 남편은 박수를 치며 기뻐했다. 드디어 유람선이 잔교에 닿고, 문이 열리고 손님들이 하나둘씩 빠져나오기 시작했다.

"반갑습니다. 좋은 시간 되시기 바랍니다. 감사합니다."

남편은 손님 한 명 한 명에게 악수를 청하고 예의바르게 인사를 했다.

그렇게 유람선이 한 척 두 척 들어오더니, 얼마 안 가 매일 33척의 유람선이 하루 만 명까지 손님들을 실어 나르기 시작했다. 문제는 그

때부터 시작되었다.

나는 손님들이 섬의 아름다운 꽃들과 나무를 돌아보면서 삶의 고달
픔도 잊고, 위로를 받고, 감격하고, 칭찬해줄 줄 알았다. 그런데 이게
웬일인가? 사람들은 자리 좋은 곳에 턱 앉아 고기를 구워 먹고, 소주
를 마시고, 뽕짝 음악을 크게 틀어놓고 춤을 추고 화투를 쳤다.

섬 전체가 난장판이 되었다. 유람선이나 손님이나 질서를 안 지키
는 건 마찬가지였고, 너무 시끄러워서 방송을 해도 알아듣지 못할 정
도였다. 술에 불콰하게 취해 눈이 벌개진 사람들, 화장실에서 줄서서
기다리기 싫다고 노상방뇨를 하는 사람들, 질서유지를 위해 출동한
경찰의 멱살을 잡고 흔드는 사람들.

아침부터 찾아오는 배들이 선착장이 떠나가라고 틀어대는 유행가
가락을 견디기가 너무나 고통스러웠다. 원래의 트로트라면 그래도 좋
으련만 편곡을 어떻게 해서인지 쿵짝뽕짝 경박하게 변해버린 리듬에
맞춰 춤을 추는 사람들은 마치 바다 어디에다 영혼을 빠트리고 오는
사람들 같았다.

배 안에서부터 이미 술에 취해 감각이 반쯤 마비된 상태로 외도에
오르니 그 손님들의 추태를 감당할 길이 없었다. 뱃사람들도 손님 하
나라도 더 태워 나르려고 어찌나 사납게 배를 모는지, 배를 대고 사람
들이 내리고 타는 잔교에 뱃머리를 들이박는 경우가 허다했다.

이런 장면을 보자고 내가 그동안 그 고생을 하며 이 섬을 가꾸었던
가? 이 작은 섬 하나를 위해서 그토록 잠 못 이루고 손발 성할 날 없이
일을 하고 마음 졸었는데 그 결과가 고작 남의 춤판이나 만들어 준 깃

배에서 내려 선착장을 지나면 이 문을 통해 외도로 들어오게 된다.

이라니. 돈이 많아 가꾼 섬도 아니고, 오직 꿈 하나 믿고 몸 바쳐 일하며 가꾼 섬인데, 비바람이 쳐도 가뭄이 들어도, 멀리 동남아에서 태풍이 발생했다는 소식만 들어도 가슴이 철렁하며 살아온 세월인데. 내 젊은 날과 꿈을 다 묻은 섬인데.

무엇을 하나 소유한다는 것이 이토록 많은 것을 요구한다는 것을 뼈저리게 느꼈다. 남들 가꿔 놓은 곳에 어느 날 하루 놀러 가서 '참 아름답네. 잘 꾸며놨네' 하고 감상하면 될 것을, 그 많은 세월을 땀과 눈물을 바쳐가며 왜 그 고생을 했던가? 소유하지 않았더라면 이 고생도 없었을 것을.

사실 나는 외도해상농원을 오픈하기 전까지 항상 긍정적인 사람이었다고 자부했다. 그런데 우리나라 관광문화의 무질서한 현실을 보고 충격을 받으면서 한동안 신경질적인 사람으로 살아야 했다. 눈만 뜨면 이곳저곳서 벌어지는 춤판을 보면서, 회의와 좌절이 밀려왔다.

상황을 보다 못한 나는 다니면서 "이곳은 금주구역입니다" 하고 일일이 안내를 하며 다녔다. 선착장에 도착하는 손님들 중에 술이나 안주 보따리를 들고 오는 사람들은 매표소에 맡겨두고 나갈 때 찾아가도록 조치했다. 앞줄에서 이런 일이 벌어지는 걸 보고 뒤에서 기다리던 어떤 사람은 음료수나 박카스 병에 술을 따라 넣기도 하고 심지어 속옷 안에 안주를 숨기는 부인까지 있었다.

"아줌마 뭐야? 우리 입장료도 내고 들어왔는데 맘대로 놀게 해줘야 하는 거 아녜요?"

"어이, 여기 술은 어디 팔아요? 몰래 술파는 거 다 알고 왔는데."

술 취한 아저씨들은 고래고래 소리를 지르며 싸움을 걸었다. 담배 꽁초를 함부로 버려 불이 난 것도 여러 번이었다.

"나가세요. 입장료를 돌려드릴 테니 당장 나가주세요."

"뭐야, 주인이면 다야? 돈 좀 벌었다 이거지?"

"죽을힘을 다해 가꾼 섬이에요. 꽃밭에서 이렇게 소리 지르며 놀아야 하나요?"

"이 아줌마, 손님들이 얼마나 오기에 이렇게 배부른 소리야?"

나도 강하게 나가지 않으면 안 되겠다 싶어 술병을 빼앗아 땅에 쏟아버리곤 했다.

준비하느라 있는 힘과 돈을 다 써서 건강과 돈이 바닥난 마당에, 별 근거 없는 오해를 받는 때도 많았다.

"도대체 어느 놈은 빽이 얼마나 좋으면 섬을 막아놓고 돈을 버는 거야?"

"야, 이거 옛날에 섬을 거저 얻은 거래. 주인이 경상도 사람인데, 어느 정치인한테 받았대. 수 백 억은 들였겠구먼! 제깟 놈이 뭔 돈이 많아 이런 것을 했겠어? 뻔하지."

"응. 그렇고 말고."

가만히 듣고 지나치려 해도 너무 심할 때가 많았다. 근거 없는 유언비어를 퍼뜨리는 손님이 얄미워서 나는 기어이 한 마디 하고야 말았다.

"아저씨, 제가 이곳 외도 주인이거든요? 그런데 저도 모르는 이야기를 어떻게 그렇게 잘 아세요? 저도 궁금해지네요?"

남자는 놀라면서 말문을 닫았다. 나는 '다시는 그러지 말았으면 좋겠다'는 의미를 담아 이렇게 말했다.

"서로 잘 모르는 이야기 전하시지 말고, 아름다운 정원을 보셨으면 덕담이나 한 번 해주시지요?"

그는 무안했던지 말문을 닫았다. 물끄러미 듣고 있던 손님이 화제를 돌렸다.

"자자, 우리 구경이나 갑시다."

그들이 꽃밭 저쪽으로 사라져가는 것을 보면서 가슴이 아팠다. 그 일행의 뒷모습에서 우리 친정아버지 모습이 보이기도 했다. 친정아버지도 술 한 잔 하고 나면 저렇게 큰소리치며 다니시곤 했다. 무슨 악의가 있어서 던진 말도 아니었다. 그저 우리 사회에 만연한 '~카더라' 하는 이야기, 유언비어에 무감각한 정서가 만드는 현상일 것이다.

놀이 또한 그렇다. 예전에 우리는 먹고 사는 데 바빠 여행이라는 것을 할 겨를이 없었다. 그러다 점차 경제적인 여유가 생기고 1980년대 들어 농촌지역에서도 단체관광이 보편화되었다. 한편에서는 술과 춤판 위주의 관광에 대해 비판과 우려의 시각을 함께 보냈지만 또 한편에서는 이에 대한 변호의 말들도 많았다. 평생 억눌리고 일에 찌들었으니 그것을 풀어내기 위한 술과 노래와 춤판도 필요하다는 것이었다. 놀이를 즐길 겨를이 없이 살았던 세대라서 올바른 놀이 문화가 무엇인지 제대로 배울 틈도 없었다는 거였다.

어느 정도 이해할 만한 이야기다. 하지만 당시는 이미 90년대 중반 아닌가. 처음 노는 것도 아니고 관광이 낯선 경험도 아니다. 이제는 우리도 제대로 된 놀이문화가 무엇인지 알고 실천할 때가 되지 않았던가. 다른 사람에게 불편을 주거나 눈살을 찌푸리게 하는 행동을 삼 갈 줄 아는, '보편화에 신경 쓸' 줄 아는 사람들이 되어야 하지 않는 가. 나는 이 작은 섬 외도만이라도 그런 문화를 뿌리내려야겠다는 의 지로 고군분투했다.

우리는 서울에서 왔다는 이유만으로도 지역신문에서 각종 비난의 대상이 되었다. 외도에 한 번 와보지도 않았으면서 기자들은 우리 물 탱크를 호화 수영장이라 보도하고, 우리를 부동산 투기꾼으로 몰아붙 였다. 그 모든 오해 때문에 사회에 대한 피해의식이 생길 정도였다.

오픈 후 1년이 지났을 무렵, 이건 정말 아니라는 생각이 들었다. 나 는 한 달만 문을 닫고 대책을 강구하고 싶었다. 그러나 직원들은 나를 이해하지 못했다.

"지금이 제일 좋은 계절인데요? 이렇게 손님이 많이 오시는데 문을 닫으면 어떡합니까?"

"손님이 많을 때 행동으로 보여줘야 실감이 나죠. 조용히 바꾸면 남 들이 이해를 못 해요!"

"그렇게는 못 하겠습니다."

남편도, 직원들도 내 주장에 별로 귀를 기울이지 않았다. 나의 이런 절망감과는 달리 남편은 손님들이 몰려드는 날이면 콧노래를 부르며 더욱 신나게 일했다. 손님이 많이 들어올수록 더 고통을 받는 내게 남 편은 실망한 듯 했다.

"그럼, 당신은 손님이 안 들어와서 우리가 망했으면 좋겠어?"

나는 슬펐다. 이런 나를 보는 남편도 불편했겠지. 나는 모든 것을 다 놓아버리고 아무 소음도, 나를 속상하게 하는 사람도 없는 산골에 가 숨고 싶었다. 결국 나는 섬을 떠나기로 마음먹었다.

어느 날, 나는 아무도 몰래 보따리를 싸서 작은 고깃배에 몸을 실었다. 마음이 약해지니 몸은 더욱 약해져서, 그토록 강인했던 내가 배를 타고서 멀미를 심하게 했다. 햇볕에 그을린 종아리 이곳저곳엔 언제 어디에서 긁혔는지 숱한 상처가 나 있었다. 나는 하늘을 향해 두 다리를 쭈욱 뻗고 긴 한숨을 쉬며 뱃머리에 누워버렸다.

하늘에는 어릴 때 들판에 벌렁 누워 쳐다보던 흰 구름이 천천히 흐르고 있었다. 괜히 서러워져서 하늘만 올려다보며 이 생각 저 생각 하고 있는데, 뜻밖에도 남편이 뱃전에 드러누운 나를 내려다보고 있었다. 배가 출발한 무렵에 뒤따라 탔던 모양이었다. 남편은 나를 내려다보면서 심각한 표정을 짓고 있었다. 에너지 넘치던 내가 소금에 절여진 배추처럼 숨죽어 있으니 안쓰러워 보였는지 남편은 나를 위로했다.

"당신, 금방 좋아질 거야. 뭐 죽을병이라도 걸린 줄 알아? 신경을 너무 써서 그래. 병원에 가서 입원하고 쉬면서 머리도 식히면 금방 좋아질 거야."

남편은 나를 달래서 외도로 다시 데리고 왔다. 그러나 시간이 흘러도 큰 변화가 없었다. 미칠 지경이었다. 나는 병원 서너 군데를 다니며 우울증 진단까지 받았다. 처음에는 수면제를 먹으면 잘 수 있었지만, 나중에는 예민함과 과로가 극에 달해 약도 듣지 않았다. 점점 더 스트레스가 속으로 삭아들어 내 눈빛이 달라지는 것이 스스로도 느껴졌다. 가슴이 울렁거리고 잠이 전혀 오지 않을 정도였다.

얼마 후, 언니가 찾아와서 걱정스런 눈빛으로 말했다.

"호숙아, 너…… 당장이라도 사고 칠 사람 같아 보인다."

"안 그래도 도끼로 잔교를 끊어내고 내일부터 문 닫을 작정이었어!"

나는 유람선이 정박하는 곳에 있는 다리를 끊어낼 작정으로 강 이사를 불렀다.

"당장 끊어버려요. 식물원에 들어와, 꽃이 가득 핀 정원에 들어와 춤추고 술판을 벌이는 나라가 세상에 어디 있어? 손님도 이제 싫어."

이제 손님들에게 구차한 설명을 하기 싫었고, 나만의 원칙을 그대로 인정받아야겠다는 오기가 생겼다.

내가 그렇게까지 단호하게 나오자 남편과 직원들도 누그러졌다. 나는 그 다음 날 외도에 들르는 유람선 선장들을 다 불러모아 놓고 단단히 부탁을 했다. 외도에 도착하기 전에 금주, 금연 원칙을 꼭 설명해 달라고. 그리고 유람선마다 명패를 나눠주고 3회 이상 적발 시에는 아예 외도에 들어오지 못하게 하는 강경책까지 폈다. 섬 곳곳에는 눈에 띄게 금주, 금연 팻말을 붙이고 안내문을 걸었다.

나는 경찰 서장에게 찾아가 주인이 도와줄 터이니 스티커를 발부할 수 없는가를 문의하기까지 했다. 경찰의 도움을 받아 이튿날부터 관광객들에게 술병을 지참하지 못하도록 안내를 했고, 음주가무를 절대 할 수 없다는 사실을 강조한 게시판을 사방에 설치했다.

25년간 투자를 해서 이제 수입이 좀 생기나 했더니, 이렇게 강하게 나가다가 손님이 뚝 끊어지면 어쩌느냐는 주위의 우려도 만만찮았다.

그러나 나는 돈 따위는 상관없다는 심정이었다.

손님들은 여전했다. 나는 여자들이 모인 춤판에 가서 대장인 듯한 여자를 꽃밭에서 끌어내며 "양심 있는 사람이라면 이렇게 할 수 있겠냐?"며 몰아붙였다.

"이 여자 정말 지독하네. 성질이 고약해……."

재수 없다는 듯 뒤돌아보며 가는 사람은 그나마 양반이었다.

"돈 받아 처먹고 왜 이렇게 못하게 하는 게 많아? 이제 이딴 데 오나 봐라."

이런 식으로 나오는 사람들에게 나는 이에는 이, 눈에는 눈이라는 식으로 같이 대들며 맞섰다. 손님과는 절대로 싸워서는 안 된다는 주의였던 남편은 참으라고 여러 번 일렀지만, 그래도 안 되니까 손님이 제일 많은 오후 2시에서 4시 사이에는 내가 집 밖으로 절대로 나오지 못하게 금지령을 내렸다. 아마 어떤 직원이 사모님 좀 못 나오게 해달라고 부탁까지 한 모양이었다.

그렇게 싸워가며 외도만의 관광 문화를 정착시키는 데 5년이란 세월이 걸렸다. 10년이 지난 요즘, 외도를 찾는 손님들의 정서가 참 많이 달라졌다. 토요일과 일요일을 중심으로 젊은 손님들이 많이 들어오는데, 요즘 젊은 손님들은 질서의식도 많이 좋아졌다. 수수하고 소박한 티셔츠나 간편한 반바지 차림으로 찾아와 편하고 즐거운 시간을 보내다 돌아간다. 쓸데없는 유언비어를 이야기하지 않고, 눈살을 찌푸리게 하는 춤판 노래판을 벌이지도 않으며 가족 중심, 연인 중심으로 조용하게 즐길 줄 안다. 그만큼 우리의 관광문화 수준도 성숙해졌다는 뜻일 게다.

하지만 아직도 갈 길은 멀다. 얼마 전에 캄보디아 관광을 다녀온 친구가 '밖에 나가보니 한국 사람들이 참 별나게 관광하는 걸 알겠더라'고 했다. 말인즉슨, 앙코르와트 사원에 갔더니 한국에서 온 관광부대가 사원 경내에서 '백마강 달밤에'를 부르며 춤추고 놀더란다. 세계 모든 사람들이 한 번 와보기를 소망하고, 와서는 그 엄청난 유적지를 둘러보며 경이로움을 느끼는데, 장소는 아랑곳하지 않고 그 먼 곳까지 가서 다른 사람들의 관광을 방해하며 가무에 빠져있는 사람들을 보며, 같은 한국 사람으로서 무척 민망하고 미안했다는 이야기를 했다.

최근 해외관광이 늘어나면서 많은 단체 관광객들이 외국으로 나간다는 이야기를 들었다. 외도를 오픈한 후 내가 가장 절실하게 느낀 것이 있다면, 관광지의 풍경은 반은 관광지와 그곳에 종사 하는 사람들의 몫이지만, 나머지 반은 그곳을 찾는 사람들의 몫이다. 어떤 사람들이 찾느냐에 따라, 그 사람들이 어떤 풍경을 연출하느냐 따라 관광지의 분위기가 달라진다.

여보 행복해? 나도 행복해!

"〈TV 성공시대〉는 자기가 하고 싶은 일을 완성했다고 생각했을 때 나가는 프로가 아닌가요? 아직은 자신이 없어요. 우리 스스로 성공은 아직 멀었다고 생각하니까요. 좀 더 완성되었다고 생각이 될 때 나갈 게요."

좋은 말로 촬영을 거절했지만, MBC TV의 담당 피디가 나를 집요하게 설득했다.

"성공이란 자기가 만족하는 것이 아니라 주위 사람들이 인정해 주는 겁니다. 손님들이 바보인 줄 아십니까? 이렇게 많은 사람들이 '외도'를 찾아오는 것이 성공의 증거가 아니고 뭡니까? 한 부부가 30년 넘도록 이 멀고 먼 오지의 섬을 정성들여 가꿨고, 그것이 결실을 맺어서 1년에 100만 명의 관광객이 들어온다는데…… 100만이 어디 쉬운 일입니까? 바로 그 숫자로 대단한 평가를 받으신 거지요."

그의 말을 들으면서 내 마음이 새삼 흔들렸다. 게다가 남편의 한 마

디가 더 결정적으로 나를 흔들어 놓았다.

"〈TV 성공시대〉에 나오면 영광이지 뭐. 잘나빠진 자존심을 세워 무슨 소용이 있어?"

남편은 늘 핵심에 충실하고 무안하리만치 솔직했다.

촬영은 일주일 동안 계속되었다. 피디, 작가, 카메라맨, 조명, 음향 등 수십 명의 스태프들이 동원되었다. 인터뷰를 하기 전 제작진은 질문할 것들을 확인하고 또 확인하는 치밀함을 보였고, 거의 심문에 가까운 인터뷰를 진행했다. 남편은 8시간, 나는 5시간, 강 이사는 3시간 동안 인터뷰를 했다. 우리뿐만 아니라 지역 주민에서 거제 시장까지 모두 인터뷰를 하는 철저한 검증과정을 거쳤다. 그렇게 힘들고 치밀한 촬영이 끝난 후, 작가가 대본을 쓰고 편집을 마쳐 40분짜리 프로그램이 완성되었다.

TV의 위력은 정말 대단했다. 방송이 나가자마자 전화통에 불이 났다. 우리 부부는 그야말로 자고 일어나니 스타가 되어 있었다. 유명해지기도 했지만, 정말 반가웠던 것은 외도를 찾는 사람들의 달라진 태도였다.

그 전에는 '돈 많은 놈이 어디 부정한 방법으로 섬에다 돈을 처들였구나. 아주 돈으로 도배를 했구나' 하는 식의 막말이 난무했다. 그런데 방송이 나가고 나니 그런 말들이 쏙 들어간 것이었다. 이 섬이 얼마나 오랜 시간의 땀과 눈물로 이루어진 것인가를 사람들이 이해하고 찾아오는 것이었다. 그 점이 나는 무엇보다도 감사했다. 〈신경쇠약 직전의 여자〉라는 영화 제목처럼 지쳐 있던 나는 방송이 나간 후에 정말 산삼을 먹은 것처럼 힘이 났다.

스타는 태어나는 것이 아니라 만들어진다는 말도 실감하게 되었다. 우리는 방송 덕분에 앞을 내다보는 지혜로운 인물처럼 여겨졌고, 섬을 찾는 사람들로부터 인사를 받느라고 바빴다. 이곳저곳 꽃을 살펴러 다니다 보면 존경하는 시선으로 바라보는 손님들과 자주 인사를 하게 되었다. 함께 사진을 찍자는 사람들도 무척 많았다. 졸지에 유명 배우가 된 것처럼 사람들이 카메라를 들고 우리와 사진을 찍기 위해 줄을 서서 기다리기도 했던 것이다.

우리가 살아온 날들을 이해하는 손님들과 사진을 찍고 이야기를 나누다 보면 너무도 행복했다. 마당 그득히 찾아온 손님들을 맞이하느라 몸은 고달팠지만 마음은 그 어느 때보다 안정되었고 뿌듯함으로 가득했다.

그러나 이 정도 성공은 외도가 〈겨울연가〉에 나온 후에 비하면 작은 사건에 불과했다.

"엄마, 엄마! 〈겨울연가〉 알지?"

어느 날, 큰딸이 전화를 걸더니 대뜸 흥분된 말투로 물어왔다. 나는 시큰둥하게 대답했다.

"그게 무슨 노래니?"

"지금 한창 뜨고 있는 대한민국 최고의 드라마를 모른다고요?"

큰딸이 방송국에서 전화를 받았는데, 우리 집에서 〈겨울연가〉의 마지막 장면을 촬영하고 싶다는 것이었다. 마지막 장면이라기에 나는 누가 죽거나 이혼을 하는 장면이겠거니 하고 생각했다. 왜 하필 우리 외도에서 그런 장면을 찍는 걸까.

"엄마, 그게 아니라 다시 만나는 장면을 찍는 거야."

다시 만나는 장면이라면 아름다울 것 같아 선뜻 허락을 했다. 얼마 후 촬영진이 우리 집에까지 와서 늘 우리가 자는 사택 대청마루에서 촬영을 했다. 평소에 우리가 쓰던 테이블, 의자, 커피잔까지 그대로 드라마의 소품으로 쓰였다.

2002년 3월, 〈겨울연가〉 방송이 끝나자 외도로 문의전화가 끊이지 않고 걸려왔다. 방송국에는 '마지막 장면을 촬영한 곳이 어디냐', '정말 한국에 그런 곳이 있느냐'는 질문이 쇄도했다. 많은 시청자들은 그 아름다운 장면을 해외에서 촬영한 줄 알았던 것이다.

사실 외도는 그때까지 TV 프로그램이나 잡지 등에 많이 소개가 된 상태였다. 그러나 드라마에 소개된 후의 반응은 더 폭발적이었다. 마치 이 섬에 오면 모두가 사랑을 되찾는다는 전설이라도 생긴 것처럼 많은 연인들이 찾아왔다.

"이곳이 배용준이 들어간 문이야. 저곳 베란다가 마지막 키스를 하던 곳이고."

"저 천국의 계단이 바로 최지우가 내려오던 길이야."

빛바랜 고물 카트를 타고도 사람들은 마치 드라마의 주인공이 된 양 행복해했고, 여기저기서 드라마 같은 장면들을 연출하고 있었다. 모든 여자들이 한 번쯤 꿈꾸는 사랑의 해피엔딩. 우리나라뿐만이 아니라 이웃나라 일본과 대만까지 감동한 사랑의 드라마였기 때문일까? 남해안을 일주하는 내국인 관광객들도 반드시 외도를 들렀고, 윤

사마에 반한 아시아 관광객들도 외도를 보려고 일부러 몰려왔다. 마당을 가득 채운 인파들은 하루 종일 아름다운 꽃들 앞에서, 드라마의 배경이 된 곳에서 사진을 찍었다. 줄을 서서 차례를 기다리기까지 하는 진풍경도 연출되었다.

사람들은 모두가 사랑의 주인공이 된 것처럼 꿈결 같은 표정들이었다. 사랑의 스토리에 감격하는 것은 나이를 가리지 않는 모양이다. 쿨하고 뒤끝 없는 사랑이 뜨는 시대에 아직도 지고지순한 구식 사랑이 사람의 마음을 움직인다는 것을 입증하는 것이었다.

아름다운 사랑의 주인공들이 외도의 사택과 정원과 바다를 배경으로 재회하는 장면은 너무나 아름다웠다. 장소만 빌려주면 그만이지만, 그 안에서 촬영되는 내용이 그토록 아름다운 순애보인 것에 나는 감격했다. 나는 몇 번이고 드라마의 마지막 장면을 되풀이해보며, 볼수록 아름다운 집을 디자인해 주신 강 박사님에게, 그리고 또 아름다운 사랑의 이야기를 써 준 작가에게 감사를 드렸다. 우리 집과 바다와 정원을 멋지게 조화시켜 아름다운 영상으로 담아낸 감독과 촬영담당, 그 외 스태프들에게도.

우리는 그동안의 고생을 다 잊을 만큼 기뻤다. 천하를 다 얻은 기분이었다. 그동안 나는 땀 흘린 대가를 과분하게 받았다고 생각했다. 다큐멘터리 프로그램의 주인공으로 출연도 해보았고, 우리 집이 3일간 아침 생방송의 무대가 되기도 했다. 남들은 평생 한 번 하기도 어려운 방송을 원도 한도 없이 해보았다. 하지만 나는 외도가 사랑의 무대가 된 것이 무엇보다 기뻤다. 35년간 땀 흘려 가꾼 터전이 아름다운 사랑의 무대가 되었으니 더 바랄 것이 무엇이 있겠는가.

그해 내내 남편은 연일 싱글벙글하며 사택 안에 걸린 배용준 사진 앞을 왔다 갔다 했다. 나는 대청마루 난간에 기대어 서서 탁 트인 해금강을 바라보며 드라마 속의 그 장면처럼 바람을 맞곤 했다. 이 행복함이 영원했으면 하고 바라면서. 그러나 성공을 즐길 수 있는 시간은 그리 길지 않았다. 그렇게 기뻐하던 남편이 갑자기 떠나버렸기 때문이다.

그 후로 나는 혼자만의 밤 산책을 즐기게 되었다. 섬 식구들이 이미 곤히 잠든 밤, 고즈넉한 섬의 밤은 완전히 나만의 것이다. 부드러운 밤바람을 가득 맞으며 꽃향기 가득한 비너스 가든을 산책하면 감사함으로 가슴이 가득 부풀어 오른다.

나는 음악을 들으며 혼자 비너스 가든으로 발길을 돌린다. 비너스 가든에 막 발을 내딛는데 스피커에서 축배의 노래가 들려온다. 파바로티의 힘 있는 목소리가 섬의 저녁을 뒤덮는다.

나는 춤을 춘다. 잔을 부딪치는 소리가 들릴 것 같은 '축배의 노래'에 맞춰 어린아이처럼 가볍게 뛰며 4분의 3박자로 원을 그린다.

'축배의 노래'가 끝날 무렵, 하늘을 향해 빈손을 내밀어 축배를 든다.

"여보, 행복해? 나도 행복해."

우리 정원에
놀러
오실래요?

2

21세기의 문익점들

요즘은 우리나라에도 예쁜 꽃이 많이 들어와 있다. 꽃 시장도, 꽃 박람회도 많아 원하는 꽃은 언제든지 살 수 있고, 특수한 식물도 인터넷으로 검색하여 외국으로 주문만 하면 어렵지 않게 살 수 있다. 하지만 30년 전에는 꽃 구하는 것이 큰 일이었다.

나는 화려하고 정열적이며 향기가 강한 꽃을 외도에 많이 심고 싶었는데, 우리나라에는 그런 꽃이 별로 없었다. 수입을 하려면 엄청난 비용은 물론이거니와 까다로운 통관절차와 소요 기간 때문에 하고 싶은 대로 할 수가 없었다. 그러니 외국에 나간 김에 꼭 외도에 두고 감상하고 싶다는 꽃이 생기면 무슨 수를 써서라도 가져오는 것이 상책이었다.

그 식물의 씨나 화분이 정상적으로 판매되고 있으면 그나마 쉬운 편이었다. 사오면 되니까 말이다. 그렇지 않은 경우에는 씨를 털거나 줄기라도 꺾어서 비행기를 탔다. 그렇게 식물을 손에 쥔다 해도 마지막 관문은 바로 우리나라 공항 검역소였다.

외래 품종의 경우 우리나라 생태계를 망칠 수도 있고 전염병을 퍼뜨릴 수도 있기 때문에 반입을 엄격히 제한하는데, 그 검사가 요즘보다 훨씬 까다롭고 식물에 대한 정보도 부족하여 시간이 너무나 오래 걸렸다. 안 그래도 오랜 시간 건조한 기내에서 시달린 식물이 죽을 수밖에 없었다. 그러니 최선의 방법은 검역소에 걸리지 않게 몰래 통과하는 것이었다.

우리가 처음 씨를 훔친 것은 일본의 나가사키 식물원에서였다. 처음에는 죄의식이 많이 들었지만, 외도에서 그 꽃을 보고 감탄하고 감동받는 사람들을 본 뒤로는 제법 대담해졌다. 그래서 식물 반출을 엄격하게 막기로 유명한 하와이에서 칼리안드라Calliandra를, LA에서 병솔나무를, 필리핀 시장에서 아칼리파 히스피다Acalypha hispida를, 일본 후쿠오카에서 홍가시나무 등을 보이는 대로 가지고 왔다.

비너스 가든에 있는 루피너스Lupinus는 영국에서 옥스퍼드 대학에 가는 길에 들판에서 발견한 것이다. 푸른 들판에 색색으로 솟아올라온 모습이 너무나 아름다워 차를 세우고 저게 무슨 꽃이냐고 물어보고 슬쩍 뿌리를 캐어왔다. 샌프란시스코에서는 공원 뒤편에 피어 있는 발렌타인 자스민Valentine jasmine을 보고 반해버렸다. 그래서 큰 나무를 사다가 딸네 집에 심은 뒤, 가지를 조금 꺾어 와서 우리 정원에 심었더니 잘 자랐다.

니포피아Kniphofia는 뉴질랜드 논두렁에서 발견한 꽃이다. 오똑하게 솟은 빨간 꽃들이 바람에 하늘거리는 것이 예쁘다고 생각하고 지나쳤는데, 그 뒤로 며칠 동안 그 꽃이 눈앞에 아른거렸다. 남은 일정을 다 망칠 지경이 되어, 꽃시장을 샅샅이 뒤져봐도 찾을 수가 없었다.

결국 그곳으로 다시 돌아갔는데, 몇 송이밖에 안 남은 꽃을 캐올 수가 없어 망설이다가 근처에 있는 식당으로 들어갔다. 식사를 하면서 주인에게 돈을 주며 부탁했더니, 주인이 호미로 두 뿌리를 뽑아주었다. 그렇게 힘들게 가져왔지만 뿌리가 잘 내리지 않아 애태워야 했다. 다행히 지금은 100뿌리까지 늘었는데, 이 꽃이 더 늘어나면 길가 양쪽에 나란히 심어놓고 퍼레이드를 해보고 싶다.

칼리안드라는 하와이에 있는 식물원에서 파는 작은 화분을 사와서 키운 것이고, 푸룸바고Plumbago는 파리의 어느 꽃가게에서 사온 것이다. 유럽 여행에는 도시마다 분위기 좋은 카페에서 커피를 한 잔 마실 시간이 주어졌는데, 우리는 그 시간을 아껴 동네 꽃집을 보러 다녔다. 딴 사람들이 프랑스 요리를 맛보며 기뻐할 동안 우리는 신비로운 하늘색 잎이 동그랗게 모여있는 아름다운 푸룸바고를 보며 기쁨의 탄성을 올렸다.

델피니움Delphinium은 영국의 꽃 전시회에서 발견한 꽃이다. 잎사귀마다 보라색에서 푸른색까지 은은히 번진 듯한 그 기막힌 색깔에 잎이 얼마나 화려하고 긴지 그 신비로운 아름다움에 숨이 막힐 지경이었다. 언젠가는 외도를 덮을 정도로 키워보고 싶어 사왔다. 종 모양의 꽃 안에 주근깨 같은 점들이 박혀 있는 사랑스러운 디기탈리스Digitalis도 영국의 꽃 전시회에서 사온 것이다.

여행의 마지막 날, 다른 팀들은 술을 한 잔 한다, 기념품을 산다 하

뉴질랜드 여행 중 식당 주인의 도움으로 두 뿌리를 얻어와 키운 니포피아.

고 바빴지만, 우리 부부는 제일 먼저 방으로 돌아왔다. 지금까지 사고 꺾어 모은 식물에 마지막으로 물을 주고 한국으로 가져가기 위한 작업을 해야 했기 때문이다. 밤을 새면서 우린 더할 나위 없이 행복해했다.

"이 꽃 정말 우리나라에 없는 거지?"

문익점이 목화씨를 숨겨오던 장면, 손님들이 기뻐하는 장면을 상상하며 신나게 작업을 했다. 재산을 모아 성취감을 느끼는 이상으로 우리는 조그만 꽃 한 송이에 기뻐했다. 호텔에서 내복 바람으로 한 명은 뿌리를 털어 물로 씻고, 한 명은 휴지에 싸는 그 시간이 우리 부부에

우리 정원에 놀러 오실래요?...   75

게는 가장 행복한 시간이었다.

　우리 부부는 어느 곳을 여행해도 나뭇가지를 기술적으로 잘 잘라오기 위해 가위와 신문지를 늘 휴대했다. 길을 가다 가로수가 멋지면 그 즉시 씨를 받거나 가지를 잘라오기 위해서였다. 우리나라 공항에서 흙 묻은 것은 절대 반입이 안 되기 때문에 우리는 여행 기간 중 방에 모아둔 꽃과 씨를 귀국 전날 밤새 씻고 또 씻었다. 잘라도 되는 가지는 다 자르고 사진을 찍었다. 그 뒤 최소한의 뿌리만 남긴 채 휴지에 싸서 작은 상자에 넣거나 속옷에 넣은 채로 김포공항 세관을 통과했다. 내가 붙잡히면 남편이 나를 구해줘야 하니까 주로 내 속옷에 넣어 왔다.

　김포공항에서는 주로 보석이나 명품을 두른 사람들을 검사하기 때문

루피너스

병솔나무

부겐빌리아

에 나는 늘 무사통과였다. 세관을 지나고 나면 우리 부부는 손뼉을 치며 하하 웃고 소리를 지르며 서로 성공을 축하했다. 남편과 낭만적 코드는 불협화음일지 몰라도 이런 007 작전에서는 손발이 척척 맞았다.

그렇게 공항을 통과한 후에도 문제는 남아 있었다. 서울에서 외도까지 옮기고, 또 가서 심는 데까지 시간이 너무 오래 걸리므로, 서울 근처의 온실이 있는 집에 일차적으로 맡겼다. 땅에 심고 물을 주며 며칠간 여독(?)을 풀게 한 뒤에야 외도에 가져갔다.

외도까지 가서 말라 죽는 안타까운 식물도 있지만 많은 녀석들이 강인하게 살아남는다. 그 녀석들을 자꾸 번식시키면 안정적인 개체군이 된다.

지금도 정원을 거닐 때마다 꽃 한 송이 한 송이가 그때 그 무용담을

속삭여 오는 것 같다. 샌프란시스코의 길거리에서 뜯어온 가지에서 피어난 나를 기억하냐고 물어오는 천사의 나팔, 필리핀 온천에 쉬러 갔다가 수영장 옆에 줄줄이 피어 있는 노란색 꽃을 보고 반해 꺾어온 것을 기억하냐고 물어오는 알라만다Allamanda, 태국의 꽃시장에서 노랑, 분홍, 보라 등 다양한 색으로 피어 있는 것을 보고 반해 사온 것이 기억나는지 물어보는 부겐빌리아Bougainvillea.

이렇게 우여곡절을 겪어 살려낸 꽃들이 내 마당에 한 송이 두 송이 필 때의 그 기쁨이란 이루 말로 못한다. "사람이 꽃보다 아름다워"라는 노래도 있지만, 우리 내외에게는 "꽃이 자식보다 아름다워"라는 말이 맞는 것 같다.

비밀의 화원

영국 여행을 갔을 때 놀라운 발견을 했다. 외도의 비너스 가든이 영국 버킹검 궁전의 뒷 정원을 모방한 것이라는 사실이었다. 그곳에서 우연히 책 한 권을 샀는데, 그 안의 사진 중 하나에 내가 몇 십 년 동안 꿈꿔오던 정원의 모습, 내가 앞마당에 고심하며 재현해놓은 그 모습이 그대로 나와 있었다.

책에 있는 사진 밑에는 버킹검 궁전 후원이라고 쓰여 있었다. 나는 어느 잡지에서 오린 사진 한 장만을 보며 비너스 가든을 꾸몄는데, 그 사진이 바로 책에 나오는 그 사진이었던 것이다.

처음에는 놀랐지만, 이내 마음이 놓였다. 유럽의 정원을 한 번도 직접 체험하지 못한 상태에서 유럽풍으로 외도를 꾸몄다는 것이 다행이었다. 그저 어린 시절부터 내 마음 안에 있던 '유럽풍의 정원'을 외도에 가꾸어 놓은 것이라 부족함이 많았지만, 만약 황홀할 정도로 멋있는 황실 정원들을 먼저 보고 돌아왔더라면 외도를 내 마음대로 꾸밀 수 있었을까? 이것저것 부족하고 여건이 안 된다는 생각만 하며 자신감을 잃었을지도 모른다.

내 생각에 우리 비너스 가든은 버킹검 궁전의 후원보다 더 아름다운 것 같다. 무엇보다 바다라는 시원하고 아름다운 자연을 배경을 끼고 있어 더욱 독특하다는 자부심을 느끼게 한다.

비너스 가든은 외도의 유일한 평지다. 그래서 이 섬에 주민들이 살 때 외도초등학교 분교의 운동장 터로 쓰였다. 이곳에 내가 꿈꾸던 정원을 만들리라 마음먹고 난 뒤 벽돌을 쌓아 토대를 만들고 조각상을 갖다놓고, 인부들을 시켜 돌을 골라내고 나무 밑에서 나뭇잎 썩은 흙을 손으로 긁어다 뿌렸다. 그 터 위에 나무를 심고 꽃을 가꿨다.

중남미 조각전에서 본 이 의자에 반해 힘들게 수소문한 끝에 수입, 외도 이곳저곳에 배치하였다.

비너스 가든을 내려다보는 자리에는 흰색으로 빛나는 사택이 있다. 겉은 스페인식으로 지은 개방적인 스타일이지만 내부는 대청마루가 있는 한국적인 스타일이다. 집 중간이 하늘로 뻥 뚫려 시원한 느낌을 주는데, 거실에서는 푸르른 바다와 명승지 해금강이 손에 잡힐 듯 보이는 명당이다. 이 공간에서 나는 먹고 자고 정원을 더 아름답게 가꾸는 일에 골몰하며 살고 있다.

집 앞 정원에 놓여 있는 의자는 내가 아주 아끼는 것이다. 육중한 쇠로 만든 견고하고 고전적인 스타일로, 중남미조각전에서 발견한 것이다. 이것을 외도에 갖다 놓으면 손님들이 정원을 구경하다가 이런 멋진 의자에 앉아 다리도 쉴 수 있겠구나 싶어 수입을 의뢰해서 구입했다. 이렇게 튼튼하지 않으면 비바람이 몰아치고 뙤약볕이 쬐는 야외에서 매일 수천 명의 사람을 견뎌낼 수 없을 것이다. 나는 이렇게 예술적인 의자는 어느 정원에서도 쉽게 볼 수 없을 거라는 자부심을 갖고 있다.

손님들은 정원의 꽃들도 아름답지만 비너스 조각상들도 아주 인상적이라고 한다. 흰 대리석으로 만든 비너스 조각상 열두 개 중 열 개가 유럽에 가면 흔히 만날 수 있는 비너스상이고 두 개가 남성 조각상인 다윗상이다. 이 조각상들은 나름대로 교육적인 생각을 담고 수집한 작품들이다. 비록 진품은 아니어도 비너스의 아름다운 자태, 조각의 매력을 느낄 수 있는 작품들로 구성했다.

아름다운 비너스 상은 남자들에게, 다윗상은 여자들에게 인기가 있다. 누드 문화가 아직 일반화되지 않았기 때문인지 조각상들을 볼 때

외모의 아름다움을 잃어가는 더해주는 선인장 군락

의 반응이 재미있다. 팔등신 미인 비너스의 젖가슴을 슬쩍 만지고 가는 남자들, 남자 나체상 앞에서 깔깔거리며 사진 찍는 여자들, '아이구 흉해라' 소리치며 눈을 돌리고 돌아가는 할머니, 멀리서 물끄러미 쳐다보기만 하는 신사 숙녀들.

비너스 가든에 있는 휴지통도 예술이다. 아름다운 정원에 어울리면서도 누가 봐도 휴지통임을 알고 쓰레기를 버리고 싶도록 하는 마음을 줘야 하기 때문에 아름다움과 효용성을 동시에 살리려고 애를 썼다. 이 흰 휴지통들은 서울에서 며칠간 발품을 판 끝에 찾아낸 명작이다.

비너스 가든 아래쪽에는 선인장 동산이 있다. 아열대 식물원인 만큼 그 이미지를 주는 식물이 필요했는데, 선인장이 적격이다 싶어 공작선인장, 장군선인장 등 50여 종류의 선인장을 심었다. 이 선인장들은 원래의 기후와는 다른 이곳에서도 잘 적응하여 겨울에 비닐을 덮어주기만 하면 봄부터 다시 생기가 돈다.

비너스 가든 끝에 있는 땅에는 그리스식 야외음악당을 지을 계획이다. 지금 설계에 들어가 있는데, 나중에 세계적인 음악가들을 초빙하여 음악회를 열고 싶다.

비너스 가든을 거쳐 화훼단지와 대죽로를 건너면 제1전망대로 올라간다. 이 길을 걷다 보면 코너 곳곳에 타일로 장식한 바닥을 볼 수 있다. 이 타일은 아는 타일 회사 사장님이 버리는 타일 한 트럭을 어떻게 쓸 수 없나 싶어 얻어온 것인데, 직원들이 밋밋한 길바닥 구석구석을 꾸미는 데 기막히게 사용했다. 꽃무늬, 곰발바닥 무늬,

기하학적 무늬 등 아기자기하면서도 귀여운 모양을 만들어 길을 걸을 때 재미도 있고 정성도 느낄 수 있도록 했다.

전망대 앞에 있는 파노라마휴게실은 소라의 나선형 모양을 본떠 만든 멋진 건물이다. 이곳에 있는 커피숍은 전망이 끝내준다. 그 앞에 있는 놀이조각공원에는 원광대 김광재 교수가 만든 조각들이 전시되어 있다.

사실 조각을 선택할 때 많은 고민을 했다. 어떤 조각 작품이 외도에 가장 잘 어울릴 것인가, 어떤 작품을 어떤 테마로 어떻게 배치해야 이 섬의 아름다움이 더 잘 살아날 것인가, 덩그러니 서 있는 것이 아니라 사람들에게 기쁨과 위로가 될 수 있으려면 어떤 조각 작품을 선택해야 할 것인가.

그러던 차에 김 교수의 전시회 도록을 우연히 손에 넣게 되었는데, 책장을 넘기니 그 안에 수록된 작품들이 무척 마음에 들었다. 그래서 전화를 걸었더니, "저 내일 이탈리아로 떠납니다. 1년 뒤에 돌아올 겁니다" 하는 것이 아닌가. 나는 기다리겠다고, 돌아온 뒤 꼭 우리 외도에 전시할 조각들을 만들어 달라고 부탁했고, 정확히 1년 뒤 그는 이탈리아에서 이란석을 사와 이 조각들을 만들어 주었다.

거꾸로 서서 놀고 있는 어린 아이들을 표현한 조각상 앞을 지나갈 때면 모두가 동심으로 돌아가는 것 같다. 말 타기, 공기놀이, 기마전, 물구나무 서기 등을 하고 있는 아이들 조각상을 보며 할아버지들은 무척이나 즐거워한다.

"야, 우리 어렸을 때 저런 거 정말 많이 했지? 요

옛날 우리의 할아버지,
아버지들이 어린 시절에 즐겨하던
전통놀이를 재미있게 형상화한
놀이조각공원을 보며
사람들은 잠시 동심에 빠진다.
멀리 거제도를 배경으로
한 한려수도의 수려한
비취빛 바다가 내려다보인다.

즘 애들은 저런 재미 모를 거야."

할머니들은 비록 조각상일지라도 아이들 모습이 담겨 있으면 쓰다듬어 주고 싶은가 보다. 조각상을 손주 쓰다듬듯 하시는 할머니들, 어린 자녀에게 옛날 자신들이 어떻게 놀았는지를 열심히 설명하는 엄마 아빠들을 보면 아주 흐뭇하다.

설치해 놓으면 당연하게 느껴지지만, 아무 것도 없는 상태에서 선택을 하는 것은 어려운 일이다. 내 마음에 드는 작품들은 작품 값이 엄청났고, 예술 작품에 대해서는 가격을 협상하는 일도 쉽지 않았다. 자존심 하나로 사는 예술가들에게 결례가 될 수 있기 때문이다. 하지만 나는 기준을 세웠다. 우선 조각품의 작품성이 가장 우선이었고, 그 다음으로 교육적 가치, 빛깔, 재료, 크기, 나의 정서, 가격, 관리와 운반의 용이성 등이 고려되었다. 거기에 해마다 오는 태풍을 견뎌낼 만한 견고성도 중요했다.

지나치게 추상적인 작품은 이곳 자연과 어울리지 않는 것 같아 많은 사람들이 편하게 보고 이해하고 때로는 스토리도 있어 가족, 연인, 친구들이 함께 감상하며 화제로 올려 이야기 할 수 있는 그런 작품들을 선택했다. 지금 돌이켜 생각해도 현명한 선택이었다.

대나무 정원을 지나 제2전망대 쪽으로 한참 오다 보면 천국의 계단을 내려오게 된다. 천국의 계단과 그 옆으로 펼쳐진 코카스 가든은 경사진 외도 특유의 지형 을 어떻게 꾸밀까 고민하다 탄생한 곳이다.

1960년대 말 외도에 처음 왔을 때는 바로 이 자리에 마을이 자리 잡고 있었다. 큰 태풍을 피하기 위해 언덕 아래 아늑한 곳에 낮은 초가

고구마가 주로 심겨졌던 섬의 경사진 언덕은 후에 밀감나무 밭으로, 그리고 오늘날의 코카스 가든으로 변모를 거듭했다.

집 몇 채가 옹기종기 모여 있었고, 경사진 밭에는 주로 고구마가 심어져 있었다. 이곳을 개발할 당시 우리는 손으로 블록을 찍어 45도 경사진 밭에 계단을 만들고 밀감과 편백 묘목을 심었다. 그 후 밀어닥친 한파로 밀감나무는 모두 얼어 죽었는데, 방풍림으로 심었던 편백은 그대로 살아남아 훗날 천국의 계단을 만드는 기초가 되었다.

해금강을 둘러싼 푸른 바다를 감상하며 계단을 내려오면 가이스카 향나무 숲을 지나게 된다. 삼거리를 지나면 그 옆에는 조선시대부터 있었다는 후박나무 약수터가 있어 샘물을 마시며 쉬어갈 수 있고, 조금 더 내려가면 선착장을 내려다볼 수 있는 바다전망대가 있다.

사방이 뚫린 바다전망대에서 넋을 잃고 바다를 바라보다보면 금세 타고 온 배를 다시 타고 나가야 할 시간이 된다.

감동도 전략이다

우리가 학교 다닐 땐 칠판의 좌우로 '급훈'과 '교훈'을 적은 액자가
나란히 걸려 있었다. 아침 조례 시간에도 우리는 똑바로 서서 교훈과
급훈을 외우곤 했다. 기억력이 왕성한 나이에 거의 세뇌교육을 받듯
이 '급훈'과 '교훈'을 외웠으니, 나이를 아무리 먹어도 그것을 잊어버
리는 법이 없다. 지루하고 따분한 말들뿐이었지만, 이따금 '교훈'이나
'급훈' 속에 담긴 그 '지당하신 말씀'들이 공감이 될 때가 있다. 늙으
면, 따분하고 지루한 '지당하신 말씀들'이 사실은 삶의 뼈대라는 걸
실감하게 된다. 어쩔 수 없다. 그건 늙어보지 않으면 알 수 없는 일이
니까.

'교훈' 같은 따분한 원칙은 아니지만, 나는 외도를 가꿀 때 마음속
으로 3대 원칙을 세웠다. 첫 번째는 '꽃으로 감격시킨다', 두 번째는
'향기로 매혹한다', 세 번째는 '음악으로 감동을 준다', 이것이 외도
의 3대 원칙이다. 꽃으로, 향기로, 음악으로 승부한다는 이야기다.

꽃으로 감격시킨다

'이 꽃은 높게 심고 이 꽃은 낮게 심고 이 나무는 고정적 배치를 해주고 여기엔 자연스럽게, 저기엔 푸짐하게……'

나는 저녁이면 언제나 내 아이디어를 적은 노트 몇 권과 외국잡지와 식물에 관한 책을 수북이 쌓아놓고 지낸다. 책 더미 속에서 이 잡지도 뒤적뒤적, 저 책도 뒤적뒤적 하면서 산다. 마치 시험공부는 하지 않고 책만 잔뜩 펼쳐놓은 학생처럼. 그게 내 모습이다.

연극이 관객의 기대에 부응하지 못하면 성공하지 못하듯 아무리 바다가 있고 아름다운 자연이 있는 섬이 '외도'라 하더라도 과연 사람들은 그 자연만 보러 오는 것일까? 시간이 돈이며 생명이라 여겨지는 이 시대에 우리가 열심히 일하고 아름답게 가꾸지 않으면 누가 이곳 외도를 보러 몇 번씩 오겠는가?

나는 찾아오는 손님들에게 감격을 줄 수 있는 꽃과 나무가 없다면 성공할 수 없음을 알고 있다. 그래서 더욱 더 정성을 다해 일하고, 열심히 가꾸고, 아름다운 마음으로 준비한다. 꽃이 주는 감동이야말로 가장 순수한 감격이 아니겠는가. 아무리 좋은 꽃이라도 시든 꽃만 가득 하다면 누가 그 꽃밭을 쳐다보겠는가. 아름다운 풍경, 아름다운 꽃밭을 보고 싶어 이곳을 찾아오는 손님들에게 그것은 예의가 아니다.

나는 외도에 심을 꽃의 요건으로 가장 먼저 아름다움을 본다. 얼마나 아름다운가, 얼마나 화려하고 정열적인가. 그 다음에 보는 것은 모양의 예술성이다. 잎 속에 꽃이 피었다든지, 다른 꽃들과는 다른 독특한 모양이 필요하다. 그리고 주변을 돋보이게 하는 꽃도 많이 심는다.

나비를 많이 불러모으는 꽃이 좋은 예다.

수국처럼 수수하고 흔한 꽃이나 자생종들도 많지만, 우리나라에서 흔히 볼 수 있는 꽃들보다는 외국에서 가져온 특이한 꽃들이 더 인기가 많기에 더 눈에 잘 띄는 곳에 배치해두었다.

꽃의 품종을 정하는 것 이상으로 중요한 것은 배치의 문제다. 배치에는 시기별 배치와 공간적 배치의 두 가지가 있다. 시기별 배치는 방대한 식물학적 지식을 필요로 한다. 각각의 꽃마다 피고 지는 시기가 정해져 있는데, 그 시기를 정확히 계산해서 전시해야 되기 때문이다. 꽃밭에 피어 있는 기간은 짧지만 그 며칠을 위해 일 년 전부터 씨나 구근을 수입해오고, 온실에서 길러내고, 거름을 주고 가꾸는 기나긴 과정을 거쳐야 한다. 일 년 동안 외도에서 피고 지는 꽃만 해도 700여 종이나 되니 보통 일이 아니다.

더 힘든 것은 자연적인 변수를 고려해야 한다는 점이다. 식물은 고도로 발달한 생존 전략을 갖고 있기 때문에, 주변 상황을 민감하게 고려하여 스스로 개화시기를 조절한다. 2005년 12월이 예년보다 훨씬 추웠고, 2006년 1월이 예년보다 훨씬 따뜻했기 때문에, 지금까지 외도를 운영하며 모은 데이터에 의하면 올해 튤립 조생종은 작년보다 15일 정도 빨리 피게 되어 있었다. 보통 3월 20일부터 날씨가 풀리고 손님들이 들이닥치기 시작하는데, 튤립이 이렇게 빨리 피어버리면 손님을 맞기도 전에 시들어버린다는 결론이 나왔다. 이런 예측이 나오자마자 손님들을 맞을 수 있는 다른 봄꽃, 정확히 이 시기에 활짝 피는 꽃을 민첩하게 준비해야 했다. 튤립을 심을 공간과의 배치, 땅의 넓이도 동시에 고려해야 하는데, 올해는 다행히 시기가 맞아주었다.

란타나Lantana라는 꽃은 꽃이 피는 시기의 온도, 낮밤의 길이, 토양의 산성도에 따라 꽃의 색깔이 일곱 가지로 변하는 신비한 식물이다. 그래서 한국에서는 칠면조화라고도 부른다. 냄새는 지독하지만 꿀이 많아서 나방과 나비를 잔뜩 불러들이고, 그 독특한 색깔 덕분에 사람들도 많이 끌어 모은다.

수국은 산성 토양에서는 파란 꽃이, 알칼리성 토양에서는 분홍색과 흰색 사이의 옅은 꽃이 핀다. 그래서 수국의 색깔을 조절하려면 거름의 성분 배합을 조절하여 토양의 산성도를 조절해주면 된다. 산성이 너무 강하면 석회와 소석회가 많이 들어간 퇴비를 줘서 알칼리성을 보강하는 방식이다.

이렇게 꽃의 색깔, 피는 시기 등을 종합적으로 고려해서 색깔별, 그리고 조생, 중생, 만생의 배합을 최종적으로 결정한다. 처음 몇 년은 미세한 조건의 차이에 따라 생각과는 다른 결과가 나와서 아주 고생했지만, 장기간의 꼼꼼한 실험과 연구를 통해 이제는 원하는 대로 연출이 가능하게 되었다.

외도에는 계절마다 중심이 되는 꽃을 주제로 한 축제가 있다. 대표적인 꽃들은 매년 축제 때 단골로 나오지만, 그 사이 기간에는 항상 새로움을 줄 수 있는 꽃을 찾아 심어야 한다. 올해는 향기 있는 꽃을 중심으로 심었는데, 봄에는 천리향을 심어 그 진하고 그윽한 향기를 먼저 퍼뜨린 다음, 여름을 위해서는 천사의 나팔을 심었고, 가을을 대비해서는 사람을 현혹하는 구골나무와 금목서를 심을 계획이다.

전체적으로 작년에는 튤립과 수선화 종류에 집중을 했는데, 올해는 다양하게 튤립, 히야신스, 프리텔라리아Fritillaria, 무스카리Muscari, 알륨Allium, 옥살리스Oxalis 이렇게 여섯 종류를 심었다. 특히 프리텔 라리아는 키우기가 힘들고 한국에서는 거의 보기 힘든 꽃이라 화사한 봄에 손님들 앞에 꼭 내놓고 싶은 꽃이었다. 튤립의 구근이 개당 1천 원 이하인데 반해 프리텔라리아는 개당 8천 원에서 1만 원까지 하니, 큰 투자였던 셈이다.

해마다, 혹은 계절마다 외도를 방문하는 단골손님들은 이런 조그만 변화들을 반가워한다. 예전에 있었던 꽃이 어디로 갔냐고 물어보기도 하고, 이번 전시는 별로·마음에 안 든다며 지적하는 분들도 있다. 까다로운 분들도 많지만 이런 변화를 즐기기 위해 외도를 자주 방문하는 단골손님들은 늘 반갑고, 그분들을 실망시키지 않도록 더 노력하게 된다.

공간적 배치는 시기적 배치보다는 쉽다. 여러 종류의 꽃을 어떻게 배치해야 각각의 아름다움을 최대한으로 뽐내면서 전체적으로도 조화된 인상을 줄 수 있을까? 높은 곳에 뽐내듯 심어야 할 꽃, 낮은 곳에 다소곳이 심어야 할 꽃이 있고, 자연스럽게 선을 타고 심어야 할 꽃, 풍성하게 한 곳에 많이 심어야 할 꽃이 있다.

나는 나무 한 그루를 심어도 항상 사면의 풍경을 생각하며 사방 어느 쪽에서나 잘 보일 수 있도록 심는다. 꽃밭에 들어갈 때와 들어간 후 뒤로 돌아볼 때, 낮은 곳에서 올려볼 때와 높은 언덕배기에서 내려다 볼 때의 차이를 생각하며 사방을 둘러보며 걸어다닌다. 냉정한 내 방객이 되어 모든 감각 기관을 동원하여 생각한다. 직원들이 다 퇴근하고 어둠이 짙어갈 때까지 45도 경사진 밭을 이곳저곳 돌아다니는 일도 다반사다.

덕분에 외도는 어디에서 사진을 찍어도 예쁘게 나온다. 아예 카메라를 가져오지 않은 노인들, "내가 죽으면서 남긴 사진은 자식들이 태우기도 힘들어" 하며 카메라를 꺼내지 않던 노인들이 일회용 카메라를 사서 사진을 찍고, 필름 두 통도 부족하다며 필름을 더 사서 사진을 찍는 모습도 자주 볼 수 있다.

사람들이 카메라를 꺼내 그 장소에서 사진을 찍는다는 것은 그 장소가 마음에 든다는 뜻이다. 그 장소의 가치는 관광객들이 얼마나 사진을 많이 찍는가로 평가할 수도 있다. 관광객이 찍은 훌륭한 사진 한 장이 좋은 홍보자료가 될 수 있는데, 그 사진을 본 주위사람들에게 입소문이 나고 그들 또한 그곳을 찾을 것이기 때문에 일거양득이다.

장소가 넓고 멋지다고 해서, 경치가 아름답다고 해서 꼭 근사한 사진이 나오지는 않는다. 좋은 작품을 만들려면 렌즈 안에 들어오는 대상들의 거리와 초점을 맞출 수 있어야 하고, 뒤의 배경도 좋고 채광도 받쳐주어야 한다. 그래서 나는 비너스 가든에 놓인 조각상들과 소품 하나하나의 크기를 결정할 때 꽃밭과 인물이 한 컷에 어우러져 들어갈 수 있도록 많이 고민했다.

내가 고르고 골라 직접 심은 꽃들과 소품들을 배경으로 사진을 찍는 사람들을 볼 때의 그 흐뭇한 기분, 어찌 말로 다할 수 있으랴.

향기로 매혹한다

"이게 무슨 향기야? 이 향기가 어디서 나는 거지?"

손님들이 코를 킁킁대며 궁금해 할 때, 나는 너무 기쁘다. 내가 무슨 재주로 이 드넓은 정원에 향수를 뿌렸겠는가. 다 꽃이 가진 좋은 향기 덕분이다. 사람도 각자 서로 다른 매력이 있는 것처럼 꽃도 각각의 매력이 다르다. 수많은 악기들이 모여 아름다운 교향곡을 만들듯이 꽃들도 다양한 색의 조화로, 향기의 조화로 오케스트라 연주에 버금가는 아름다움을 보여주고 있는 것이다.

흰 옷을 입은 천사가 들고 있으면 딱 어울릴 것 같은 천사의 나팔. 이 꽃에서는 천국의 향기가 난다.

'천사의 나팔'이라는 꽃이 있다. 나팔이라니까 많은 손님들이 "이걸 불면 소리가 나나요?" 하고 물어보지만, 소리가 아니라 향기를 불어내는 특이한 꽃이다.

이 꽃은 천사가 가진 나팔은 이렇게 생겼을 거라고 상상할 수 있을 정도로 아름답고 순수하게 생겼다. 외도에는 감색, 호박색, 흰색 꽃이 피는데, 일 년에 3번 정도 꽃이 피며 한 번 피면 7일에서 10일 정도 간다. 모양도 이름도 상상력을 자극하고 그 자태와 향기도 고와서, 얼굴도 예쁜데다가 마음까지 고운 사람을 보는 것 같은 기분이 든다.

그 외에 파인애플 냄새가 나는 파인애플 세이지, 향기가 천 리를 간

다는 천리향, 만 리를 간다는 만리향, 스파리티움Spartium 등도 인기
가 많다. 그리고 요즘 같은 웰빙 시대에 가장 인기가 많은 것은 허브
다. 비너스 가든 옆에 있는 화훼 단지에는 조그마한 허브 가든이 있는
데, 냄새가 특히 좋은 허브를 30여 종 골라 심어두었다. 손님들이 좋
아하는 것은 세이지 종류, 라벤다 종류, 그리고 로즈마리 종류다.

음악으로 감동을 준다

아름다운 건축의 마침표는 음악이라는 말이 있다. 아무리 아름다운
건축물이 있어도, 아무리 아름다운 정원이 있어도 거기 음악이 없으
면 그 아름다움은 생명을 얻지 못한다. 그래서 나는 외도에 아름다운
음악이 흐르도록 무척 신경을 쓴다.

흐린 날에는 애절한 바이올린 곡을, 화창한 날에는 행진곡이나 왈
츠를, 우울한 날에는 우울을 날려버리라고 합창곡을 튼다. 영화 〈겨울
여자〉에 삽입되어서 대단한 인기를 얻었던 베르디의 오페라 〈나부코〉
중 '노예들의 합창' 같은 음악은 눈이 내릴 듯한 겨울날에 들으면 너
무나 좋다. 삶의 희로애락이 스며들어 있는 음악. 때로 음악은 인간이
주지 못하는 위로를 준다. 나는 음악을 들으며 지나간 시절을 가끔 돌
아본다. 지금까지 격정의 세월을 살았으니 노년은 바이올린의 선율처
럼 아름답고 조용한 모습으로 새 장을 열고 싶다는 생각도 한다.

섬을 구상할 때도 그랬지만 섬을 아름답게 꾸며놓고 그 위에 음악
을 흐르게 할 때, 나는 스스로 멋진 지휘자가 된 듯한 기분이 든다.

외도에는 축제가 산다

외도에서는 계절마다 그 최대한의 아름다움을 느낄 수 있도록, 손님들이 어느 계절에 와도 아름다운 풍경을 즐길 수 있도록 계절별 축제를 연다. 4월 15일 튤립 축제를 시작으로 양귀비 축제, 수국 축제, 세이지Sage 축제, 크리스마스 축제, 동백 축제가 이어진다. 그 여섯 번의 축제를 다 진행하고 나면 외도의 한해가 저물어 간다.

봄에는 화려하고 따뜻한 색으로, 여름에는 보랏빛이나 흰색으로 조화시켜 시원스러운 느낌을 갖게 하고, 가을에는 붉은색이나 차분하고 고상한 색들을 매치시킨다. 겨울에는 흐드러지게 핀 동백꽃에 크리스마스트리를 간간이 섞어 나름대로 화려한 겨울 풍경을 만든다.

계절에 따라 새로운 색의 조화를 이룰 수 있도록 몇 달 전부터 준비를 하는 한편, 2~3년을 주기로 주제를 바꾸기도 한다. 가끔은 온갖색을 뒤죽박죽 섞어서 무지개처럼 요란하게 만들어놓기도 하는데, 그 요란한 색으로 치장된 섬이 가장 좋은 반응을 얻기도 한다.

남해안의 섬에는 다른 곳보다 빨리 봄이 온다. 봄이 무르익는 4월 초가 되면 드디어 한해의 첫 축제인 튤립 축제가 열린다. 그 전해 11월부터 시작하여 겨울 내내 이어지니 5개월이나 준비하는 축제이다.

히야신스, 수선화, 무스카리 등 다양한 구근식물이 등장하지만, 봄 축제의 주인공은 단연코 튤립이다. 튤립의 색상은 정말 다양하다. 수백 가지가 넘는 다양한 튤립 중에서 어떤 것들을 선택할 것인지도 쉽지 않은 일이다. 구근을 선택할 때에는 색의 조화, 건강 상태, 식물의 뿌리, 숫자, 개화기 등을 하나하나 대조해서 표를 만들어 놓고 치밀하게 디자인하고 계산을 한다. 그 계산에 따라 꽃씨를 주문하고 꽃밭을 가꾸게 되는 것이다.

튤립 구근은 땅을 파서 고르고, 흙에 다시 퇴비를 넣어 고르게 섞은 다음, 보통 3센티의 깊이 정도로 땅을 파서 잘 놓은 뒤 흙을 덮어주는 순서로 심는다. 특히 튤립은 빙점을 통과하지 않으면 꽃을 피울 수가 없기 때문에 외도에서는 가을에 튤립을 심어서 그 구근이 추운 겨울을 밭에서 나도록 한다. 꽃 시장이 세계에서 제일 발달한 네덜란드에서는 알뿌리를 캐어서 다음 해에 꽃을 피울 수 있도록 냉동고에서 빙점을 통과시켜 세계 시장에 수출한다고 한다.

5월이 오면 작년에 피었던 양귀비가 떨군 씨앗이 이곳저곳에서 싹을 틔운다. 땅바닥에 떨어져서 스스로 씨가 나고 자라는 것도 있고, 씨를 받았다가 뿌려서 키운 양귀비도 있다. 또한 1월에 모판에 심어서 다시 땅에 옮겨 심은 양귀비도 있다. 이제 양귀비 축제를 할 시간이다.

옛날에는 아름다운 여인의 대명사로 양귀비를 꼽았다. 양귀비꽃은

경사진 언덕에 하늘거리며 피어있는 양귀비꽃. 가냘프고 아름다운 여인을 연상시킨다.

그만큼 자태가 곱고 화려하다. 양귀비에는 약으로 쓰는 양귀비와 꽃으로만 피는 양귀비 두 종류가 있는데, 흔히 마약의 원료가 되는 것으로 알고 있는 양귀비는 재배가 금지되어 있다. 그러나 꽃으로만 피는 양귀비는 화훼로서의 가치가 크다. 외도에서 심는 양귀비는 물론 꽃양귀비다.

남프랑스 프로방스 지방을 여행하는 사람들은 가로수 밑이나 들판에 심어놓은 붉고 노란 꽃들을 보았을 것이다. 그 꽃이 바로 꽃양귀비인데, 요즘은 원예종이 많아 색깔이 더 다양하고 화려해졌다. 경사진 언덕에 양귀비가 하나 가득 피어서 바람에 흔들리는 풍경은 더없이 아름답다. 얇은 주름스커트 같은 꽃잎이 나부끼는 것이 마치 미루나무 잎이 움직이는 것 같이 아름답다. 그래서 아름다운 여인을 양귀비 같다고 했구나 하는 생각이 들기도 한다. 가냘픈 소녀 같이 쓰러질 듯 말 듯 피어나는 양귀비꽃의 축제는 그래서 인기가 좋은가 보다.

6월이 되면 외도에는 수국이 일제히 피어난다. 수국은 추위를 잘 견디고 포기가 옆으로 잘 퍼져서 키우는 마음이 풍성한 꽃이다. 크게 신경 쓰지 않고 크게 거름 주지 않아도 건강하고 멋지게 피어난다. 스스로 잘 피고 오색으로 변화하기 때문에 이 꽃을 팔색조라고도 한다. 꽃이 고상해서 우아한 여인 같다. 손이 덜 가고 아름다워서 어느 곳이나 추천할 만한 꽃이다.

수국의 종류는 무려 70여 가지나 된다. 나무로 된 수국도 있지만 가지가 죽었다가 다음 해에 다시 싹이 돋는 수국도 있다. 우리 외도의 기둥 같은 꽃과 나무가 되도록 수국을 여기 저기 심어놓으면 풍성한 꽃처럼 풍성한 기쁨 같은 것이 느껴진다. 6월과 수국은 참 많이 닮아 있다.

가을의 외도는 허브꽃들이 가득하다. '사이먼&가펑클'이라는 듀엣이 '스카보로 축제Scarbrough Fair'라는 노래를 불렀던 것을 기억하는 사람들이 많을 것이다. 스카보로는 영국 요크 지방의 지명이다. 그 노래의 가사에 온갖 허브꽃들의 이름이 등장한다는 사실을 아는 사람들은 얼마나 될까?

스카보로 시장에 가실 건가요.
파슬리, 세이지, 로즈마리와 타임.
거기 사는 사람에게 소식 전해줘요.
그녀는 예전에 나의 진정한 사랑이었다고.

이 노래에도 등장하는 세이지는 향기로운 허브의 종류 중 하나다. 모든 세이지는 향기가 좋고 꽃이 아름답다. 레몬 세이지, 체리 세이지, 파인애플 세이지, 블루 세이지 등 세이지에도 여러 종류가 있는데, 내가 특히 좋아하는 것은 보랏빛으로 피어나는 부시 세이지다.

부시 세이지는 관리가 쉽고 포기가 풍성해서 가을이면 흐드러지게 꽃밭을 채운다. 보라색과 흰 꽃술이 어우러져서 우아한 자태를 보여준다. 특히 작은 바람에도 가지까지 흔들리기 때문에 멀리서 보면 애틋하게 손을 흔들어주는 연인 같다. 무리지어 흔들리는 자태가 얼마나 아름다운지는 직접 보지 않으면 모른다.

바람에 흔들리는 세이지를 볼 때마다 나는 시를 읊는다. 흔들리는

꽃이 더 아름답다고, 흔들리는 꽃이 더 감격스럽다고. 가을에 꽃밭 가 득히 피어난 세이지의 물결은 섬을 감싸고 있는 파도와 어울려서 나 의 마음을 고독하게 하기도 하고 설레게도 한다.

비로드 옷을 입은 공주의 자태처럼 고상하고 멋있는 세이지를 보면 내 한해도 그렇게 우아하게 마감했으면 하는 소망을 품게 된다.

겨울의 외도는 크리스마스트리 덕분에 따뜻하고 동화적인 공간이 된다. 겨울에도 따뜻한 남해안에서는 크리스마스트리를 보기 어렵다. 그래서 외도에서 아름다운 크리스마스트리 축제를 여는 것이 내 꿈

우리 정원에 놀러 오실래요?...

중의 하나였다. 나는 겨울에 미국에 간 적이 많은데, 갈 때마다 집집이 아름다운 크리스마스트리들을 정원 가득 장식해놓은 것을 원 없이 보곤 했다. 그런데 우리나라에서는 아름다운 크리스마스트리를 즐기지 말라는 법이 있나? 그래서 오래 전부터 크리스마스 축제에 대해서 연구를 했고, 몇 해 전부터 실행에 옮겼다.

돌봐야 할 꽃이 적어지는 겨울이면 외도의 직원들과 가족들이 한자리에 모여 앉아 크리스마스 축제 준비를 한다. 박 집사 내외가 재봉틀질을 하고 이 목수는 거푸집을 짠다. 이 목수 부인, 강 이사 부인, 전망대 아줌마, 우동 아줌마, 서울 아줌마, 식당 아줌마, 그리고 우리 딸 셋과 며느리 등이 총출동해서 크리스마스트리 장식을 만든다.

초록색, 붉은색의 테이프와 그 밖의 많은 준비물들을 11월부터 사들인다. 작은 가면도 몇 개 사고, 비로드 천을 동대문시장에서 많이 끊어다 놓는다. 크리스마스트리에는 조각가의 솜씨 있는 작품도 등장하지만 대부분은 솜을 안에 넣은 장식품들이다. 여기저기를 이어 붙이고 바느질해서 키가 3미터쯤 되는 산타클로스 할아버지도, 어여쁜 소녀들도 만들어낸다.

솜씨 좋은 정 대리는 아이들이 좋아하는 꽃사슴도 만들고, 마차를 끄는 루돌프사슴도 만든다. 남자 직원들은 썰매를 만들어 바퀴도 칠하고 은가루도 뿌려서 화려하고 고운 꽃마차처럼 만든다. 그 위에는 빈 박스를 예쁜 포장지로 싸서 미리 준비해 놓은 리본으로 묶어 놓는다. 여러 가지 색으로 준비한 박스들을 썰매 위에 얹어 놓으면 얼마나 마음이 풍성해지는지 모른다.

소나무 가지를 꺾어 둥근 화환도 만들고, 솔방울을 달아 트리도 만들고, 징글벨 음악도 틀어가며 즐거운 크리스마스트리 장식을 끝내고 나면 온 식구들이 한데 모여 기쁜 마음으로 사진을 찍는다. 한해를 마감하는 크리스마스 축제를 준비하면서 우리의 한해도 저물어 간다. 올 한해도 잘 보냈다는 감사함이 더해져서 크리스마스 축제를 준비할 때 모두의 마음이 가장 행복해진다.

따뜻한 남쪽 섬에도 그렇게 크리스마스는 찾아오고, 우리는 섬 하나에도 얼마나 섬세한 하나님의 손길이 닿아있는지를 느끼며, 그 은총에 감사하는 기도를 올리며 크리스마스를 보낸다. 외도를 찾아 따뜻한 크리스마스 축제를 누리는 사람들의 마음도 그러하리라 믿으며.

크리스마스가 지나고 봄이 오기 전까지 외도는 남국의 정취를 자랑한다. 아열대 식물이 주로 자라는 외도는 사철 푸르른 나무들이 많아 독특한 이국적 정취를 느끼게 한다. 남국의 정취를 돋보이게 하는 것은 뭐니뭐니해도 야자수가 으뜸이다. 따뜻한 거제도의 기온에 맞게 외도에 심은 워싱턴 야자, 코코스 야자 덕분에 칼바람 부는 겨울에도 외도는 산뜻하고 아름다운 풍경을 자랑한다. 가을이 오면 단풍이 들고, 겨울이 오면 앙상한 나목이 되어 추위를 견디는 육지의 나무들과는 다른 모습이다.

처음 이곳을 개방했을 때 겨울에는 사람들이 찾지 않을 줄 알았다. 꽃도 없는 겨울에 무슨 재미로 섬을 찾을 것인가. 그러나 거제도 칠백 리, 해안선을 굽이굽이 헤치며 추운 겨울에도 관광객들이 몰려왔다. 야자도 있지만, 무엇보다도 동백꽃 때문이었다.

외도는 '동백섬'이라고 불러도 좋을 만큼 수천 그루의 동백이 우거진 섬이다. 육지의 산하는 겨울잠을 자고 있는데, 다도해 위에 떠있는 해상공원 외도는 아름다운 바다 빛과 싱그러운 동백꽃이 어우러져 한 폭의 겨울 풍경화를 그려낸다.

동백은 보통 11월쯤 피기 시작해서 다음해 3,4월까지 피고 진다. 해풍에 강한 나무이기 때문에 동백은 무서운 태풍의 길목에서도 잘 견디는 방풍림 역할을 해낸다. 남쪽은 90미터 이내, 북쪽으로는 60미터 미만 섬 둘레 해안가에서 잘 자란다.

동백꽃은 '조매화'라고 불리기도 한다. 동백꽃이 피는 추운 겨울에는 나비와 벌이 없으니 작은 동박새가 꽃과 인연을 맺어주기 때문이다. 동백꽃은 빨간색, 꽃술은 황금빛이고 잎이 진초록이라 하나하나 보면 화려하기 그지없다. 잘 조화된 색깔 덕분에 동백은 크리스마스 꽃 같기도 하다.

동백 축제는 11월에 시작해서 다음 해 3월까지 이어진다. 우리의 조상들이 언제 이 섬에 동백을 심었는지는 몰라도 외도의 구석구석 동백꽃이 없는 곳은 없다. 동백꽃끼리 넘치도록 피어나고 있어서 동백 군락지가 형성되어 있기도 하다.

수천 그루의 동백꽃이 겨울이 되면 피고 지면서 화려한 풍경을 연출한다. 동백꽃이 지천으로 피어있는 외도. 동백꽃 축제를 위해서는 특별히 해줄 일이 없다. 그저 동백이 스스로 피고 지면서 그 건강하고 윤기 있는 아름다움을 전해주고, 우리는 그 아름다움을 조용히 느끼면 되는 것이다.

강병근 박사와의 만남이
만들어낸 기적

만남의 기적이란 말을 나는 좋아한다. 소망을 가지고 기다렸을 때 기적이 일어난다는 것을 믿는다. 내가 하고 싶은 일은 좋은 사람을 만남으로써 이루어진다는 것을 확신한다. 그래서 사람을 만날 때면 언제나 소망으로 가득 찬다. 어느 경영자가 아침에 전화벨이 울릴 때마다 좋은 일과 좋은 만남을 기대하며 가슴이 설렌다고 했는데, 나도 사람들을 만날 때마다 그렇게 가슴이 설렌다.

내가 외도를 오늘처럼 만들 수 있었던 것도 수없는 사람들과의 만남을 통해서였다. 우리 외도는 돌 쌓기, 선착장 만들기, 꽃밭 가꾸기, 집짓기에서부터 출발했다. 우리에게 절실했던 이 모든 일들이 하나하나 다 사람을 통해 이룬 것이다. 작은 물방울이 모여서 계곡을 이루고 큰 바다에 이르듯이 우리 부부의 작은 힘과 소망, 많은 인부들의 도움들이 모여 이런 기적을 이룬 것이다.

88 올림픽 때 카드 섹션을 통해서 태극기가 그려지는 것을 보고 나

는 무릎을 탁 쳤다. 바로 저거다. 저 작은 손 하나하나가 들어 올린 카드들이 태극기를 이루고 현수막을 만들지 않는가. 저 사람들 하나하나는 그저 작은 카드를 들어 올릴 뿐이지만 그들이 모두 함께 들어 올린 카드가 태극기가 되고 구호가 되지 않는가! 그런 것이 바로 우리가 현실에서 이루는 기적이라는 것을 나는 카드 섹션을 보며 실감했다.

내 인생에서 있었던 무수히 많은 만남의 기적 중 으뜸은 강병근 박사를 만난 일이다. 모두가 세련된 것과는 거리가 멀었던 시대, 촌스러움이 뭔지 세련된 것이 뭔지조차 구별되지 않던 38년 전부터 외도의 역사가 시작되었으니 어쩌면 외도에는 아주 촌스러운 집이 들어설 수도 있었을 것이다. 십수 년이 지난 지금 봐도 늘 아름답고 세련된 건물이 외도에 들어설 수 있었던 것은 모두 다 강병근 박사 덕분이다.

관청에서 허가를 받은 뒤 막상 외도에 집을 지으려고 생각하자 나는 아주 막막했다. 꽃밭은 내 힘으로 내 생각대로 꾸며 놓았지만 건축은 도무지 감이 오지 않았다. 그렇다고 어느 누구에게 덥석 건축을 맡길 수도 없었다.

나는 발로 뛰면서 공부를 하기로 작정했다. 이태원과 평창동, 그리고 삼청동을 넘어 성북동은 물론 신흥 부자촌이었던 방배동까지 두루 조사하러 다녔다. 그렇게 다니다가 아름답고 독특한 집이 있으면 무작정 초인종을 눌렀다.

"집이 아름다워서 그러는데 어느 분이 설계하셨습니까?"

나는 그 집에 관한 모든 것을 알 수 있는 데까지 조사했다. 여기저기 사진을 찍다가 간첩으로 의심 받은 일도 있었다. 하지만 끝내 내가 원하는 집, 지중해 풍의 단아한 집은 찾지 못했다. 또 LA나 뉴욕 근처에서도 아름다운 집과 대문, 울타리, 창문들을 보면 사진을 찍어 모아두었지만 실제로 따라하기에는 돈이 너무 들어 나와는 동떨어진 느낌이 들었다.

원하는 집을 짓고 싶다는 고민에 빠져 지내던 어느 날이었다. 배를 타고 부산에서 장승포항으로 향하던 중 나는 우연히 배 안에서 멋진 건물을 보게 되었다. 내가 항상 꿈꾸던 바로 그 멋진 건물이 눈앞에 펼쳐졌는데, 그 건물은 놀랍게도 고아원에서 부설 건물로 지은 지체장애자 학교 '애광원' 이었다.

세상에, 거제도에 지중해풍의 멋진 고아원이 웬 말인가. 등잔 밑이 어둡다고, 나는 코앞에 있는 애광원을 보지 못했던 것이다. 고아원이니까 큰돈을 들여서 짓지는 않았을 것이었다.

나는 원장님을 만나 우선 더 일찍 찾아와 고아원에 도움을 드리지 못한 것을 사과드렸다. 그리고 내가 처한 현실과 애로사항을 이야기했다. 그러자 원장님은 흔쾌히 말씀하셨다.

"나는 도움을 줄 수 없고 아마 강 박사님이 도와드릴 수 있을 거예요. 마침 내일 강 박사님이 여기 오실 예정이니 내가 소개해 드리죠. 아마 강 박사님을 만나면 정답이 나올 겁니다. 독일에서 건축학 박사 공부를 하신 분인데 내가 사정을 잘 설명하고 소개해 드리지요."

그는 한국에서 대학을 졸업한 뒤 독일로 유학을 떠나서는 베를린 대학에서 건축공학 박사학위를 받았고, 그 후로는 건국대학교 건축학과 교수로 재직하고 있다고 했다. 나는 코가 땅에 닿도록 인사를 드렸다. 오랜 숙제가 풀리는 순간이었다.

다음 날 원장님은 강 박사를 소개해 주면서 그에게 이렇게 당부했다. "당신이 빨리 가서 해결해 주셔야겠소. 애광원 일도 급하지만 내 생각엔 외도가 더 급한 것 같아요." 두 분 사이에 얼마나 인간적인 정과 신뢰가 두터운지 알 수 있었다. 강 박사는 그날로 우리를 따라 외도를 방문했고, 흔쾌히 디자인을 해주겠다는 말을 했다. 강 박사의 친절하고 자상한 설명에 남편도 신이 났다.

"건축가는 누구나 이런 꿈을 갖고 있습니다. 저 또한 이런 일을 맡게 되어 영광입니다."

돈이 얼마나 들까 걱정하던 남편도 강 박사의 말에 모처럼 행복한 얼굴이었다. 우리의 주머니 사정을 안 강 박사는 '무리하지 말고 1, 2차로 나눠 짓자'며 부담을 덜어주었다.

강 박사는 계획을 척척 맞추면서 대충 스케치를 해줄 터이니 서로 한 번 더 생각하고 만나자는 약속을 하고 돌아섰다. 그리고 일을 시작하면서부터는 공사의 관리 감독까지 직접 하면서 정성을 다했다. 건축주가 원하는 모든 것을 알고, 건축주의 경제적 부담까지 덜어줄 연구를 하며 정성을 기울이는 설계자 덕분에 우리는 원하던 것보다 훨씬 더 아름답고 훌륭한 집을 짓게 되었다.

그는 자연주의적인 건축 철학을 갖고 있었다.

"건물은 자연 속에 묻혀야 합니다. 자연의 일부로서 남아야 아름답습니다. 한 번에 모두 보게끔 만들지 말고 여기저기 볼거리가 숨어 있게 해야 호기심을 갖고 즐겁게 봅니다. 무리하지 마십시오. 주인이 무

언덕의 경사에 맞춰 지붕을 비스듬히 디자인함으로서 집도 자연의 일부로 느껴지도록 한 외도의 관리사무소 건물.

리하다 보면 모두가 불행하게 됩니다."

현직 교수의 신분으로 먼 섬에 집을 짓기란 얼마나 힘든 일이었을까! 그러나 강 박사는 토요일 아침마다 밴을 운전해서 1300리가 넘는 길을 마다않고 와서는 이것저것 챙겨주고 일요일 저녁에야 떠나곤 했다. 그렇게 열과 성을 다한 강 박사 덕분에 오늘날 외도는 정원과 건물이 조화를 이룬 아름다운 섬으로 갈채를 받고 있다.

만남의 기적을 선물로 받은 이후 나는 곰곰이 생각했다. 하나님은 왜 나에게 쉬운 만남을 허락하지 않으시고 수없이 낙담하고 고생하고

우리 정원에 놀러 오실래요?...   **111**

고민하게 한 뒤 쓰러지기 직전에야 그런 만남을 만들어 주시는 걸까? 벼랑 끝까지 와서 이젠 더 갈 데가 없다고 생각했을 때, 기적과도 같은 만남을 선물하신 것일까?

하나님은 한 번도 쉽게 '이것이다, 여기 네가 원하는 것이 있다' 하고 보여주신 적이 없다. 그것은 아마도 나로 하여금 알게 하기 위해서였으리라. 쉽게 얻은 것은 오래 남지 못한다는 것을. 쉽게 얻은 기쁨은 빨리 사라지고, 힘겹게 얻은 것은 끝끝내 남아 훌륭한 스승의 역할을 한다는 것을.

나는 오늘도 또 다른 만남의 기적을 생각한다. 하나님은 '내일의 기적' 역시도 내 발과 내 손이 닳도록 수고했을 때, 내가 벼랑에 섰다고 생각되는 맨 끝자락에서 보여주실 것이다. 나는 하나님의 그런 선택을 감사하는 마음으로 받을 것이다. 38년이라는 세월을 바친 섬에서 내가 성급하게 이루고 싶은 것이 무엇이 있겠는가.

내가 대나무 정원을
만든 까닭은?

20년 전 뉴욕을 방문했을 때였다. 어느 빌딩에 좋은 대나무 정원이 있다는 이야기를 듣고 지하철을 타고 맨해튼 18번가를 찾아갔다.

대리석으로 내부를 치장한 웅장한 건물 안에 시원한 대나무 숲이 자리 잡고 있었는데, 그 주변에 있는 천정에서 흘러내리는 분수 역시 감탄이 절로 나올 만큼 멋진 풍경을 만들고 있었다. 그때까지 내가 본 분수라는 것은 우리의 시청 앞 분수나 한국은행 앞 분수 같은 것이었다. 하지만 그 빌딩 안의 분수는 차원이 달랐다. 빈 벽을 타고 소리도 없이 흘러내리는 분수에다가 형형색색으로 비춰지는 조명.

나는 넋을 잃고 그 분수를 바라보았다. 분수라기보다는 고요한 폭포 같았다고 해야 할까? 20년 전에 그런 것을 본 나는 충격을 받고 말았다. 도심의 빌딩 속에 그렇게 자연스러운 대나무 정원을 만들 수 있다니.

그때부터 내 가슴속에는 대나무 정원을 멋지게 꾸미고 싶다는 소망이 자리 잡았고, 결국 20년의 세월이 흘러 바로 얼마 전에 그 꿈을 이루게 되었다.

주문한 대나무 150주가 들어오는 날, 아침부터 새신랑 기다리는 각시처럼 마음이 설레었다. 기대에 부풀기도 했고 두렵기도 했다. 대나무를 심어놓고 난 뒤에 후회하면 어떡하나, 하는 고민도 들었다. 하지만 다시 한 번 이곳이 외도의 명물이 될 거란 확신이 들었다. 한번 하기로 마음을 먹었으면 거기에 가장 긍정적인 힘을 불어넣는 것이 내 삶의 기본 방침이기도 하니까 말이다.

아침부터 거의 모든 직원이 달려들어 대나무를 내리고 싣고, 땅을 파고 4미터의 크기를 재서 잘랐다. 모두가 있는 힘을 다해서 대나무를 심었다.

대나무를 다 심고 나니 내 마음은 이 정원을 보고 즐거워할 손님들 생각으로 가득했다. 손님들이 들어와서 '어머, 대나무 좀 봐. 너무 멋있다. 아유, 시원해!' 하며 즐거워하는 모습, 엄마 아빠의 손을 잡고 힘들게 올라오던 아이들이 이 작은 정원 안에서 뛰어다니며 술래잡기를 하는 모습도 그려졌다.

외도에는 어른들에게 볼거리가 되는 풍경은 있어도 어린이들이 즐겁게 누릴 공간이 적어서 항상 어린이들에게 미안했는데, 이번에 대나무 정원을 꾸미면서 빚을 갚는 느낌이었다. 18년이나 초등학교 교사로 일하다 못다 한 꿈을 이렇게라도 조금 메워보고 싶은 생각이었는지도 모르겠다.

내가 초등학교 1학년 담임선생을 많이 해서 그런지, 아이들을 보면 이제 막 학교 문을 들어서는 학생들이 입학식을 할 때의 모습이 자주 떠오른다. 막 상자 밖으로 나온 병아리들처럼 겁 많고 호기심도 많은 아이들. 아무리 똑바로 세워도 1분이면 금방 삐뚤삐뚤해지던 줄, 내가 무슨 이야기만 하면 목청껏 '네! 네!' 하고 대답하던 그 모습들.

한 반에 80명에서 때로 90명까지도 이르던 아이들의 이름을 검정색 출석부에 또박또박 정자로 써넣던 날들. 그 출석부를 들고 1번부터 부르기 시작하면 굳은 자세로 나오는 아이들에게 이름표를 하나씩 달아 주고, 머리도 한 번 쓰다듬어 주면 아이들은 마치 최고로 인기 있는 연예인 쳐다보듯 그들 인생의 첫 선생님인 나를 바라보곤 했다. 그때 그 아이들은 지금 어디에서 무엇을 하고 있을까? 갓 부임한 선생이었던 그때 내 모습은 어땠을까? 나는 대나무 정원을 만들면서 모처럼 초등학교 선생님으로 다시 돌아간 듯한 기쁨을 느꼈다.

나는 정원을 새로 만들 때마다 희망찬 풍경들을 마음에 그려보면서 웃는다. 그것이 내가 꾸민 정원에 대한 확신이며, 외도에 대한 애정의 표현이라 믿는다.

이 대나무 정원은 50평 정도의 작은 공간이지만, 이 작은 정원이 아이들에게 푸른 꿈을 심어주기를 진심으로 바란다.

꽃보다 아름다운 사람, 강수일

거듭되는 시련과 좌절에 지쳐 모든 희망을 잃고 서울과 외도를 오락
가락하던 때가 있었다. 그때마다 이제 포기하겠다는 마음을 버리고
최면에 걸린 듯 다시 시작할 수 있었던 것은 바로 우리 부부가 신뢰하
는 한 사람 때문이었다.

현재 외도에서 일하는 사람 중 유일한 외도 원주민이자 우리 회사
의 직원 1호인 기념비적인 사람, 그는 바로 강수일 고문이다. 그는 우
리가 들어오기 전부터 외도에 살았으며, 오늘날의 외도가 만들어진
모든 과정에 참여한 사람이다.

강수일을 처음 만난 것은 두 번째 외도에 찾아왔을 때였다. 맨 처음
외도를 찾아가며 고생했던 것에 질려 육로로는 외도를 찾아갈 엄두가
나지 않았다. 그래서 두 번째에는 서울에서 기차를 타고 부산으로 가
서, 다시 페리를 타고 해금강 항구까지 가는 방법을 썼다. 엄청나게
큰 페리를 타고 부산항을 떠나 거제도로 가는 뱃길은 마치 아테네 항

을 떠나 그리스의 아름다운 항구도시들을 찾아가는 뱃길처럼 낭만적이었다.

그러나 낭만도 잠깐, 갑자기 하늘에 시커먼 먹구름이 끼더니 검푸르고 사나운 물결이 출렁이기 시작했다. 배가 요동을 쳤다. 파도가 거세지면 뱃전에 부딪히는 소리가 '탕당탕탕, 타다탕탕' 하고 난다는 것을 그날 처음 알았다. 나중에 안 일이지만 조금만 파도가 더 심했다면 배가 뜨지 못할 그런 날씨였다.

남편은 나를 애써 안심시켰다.

"여보. 우리 오늘, 재수가 좋아. 해금강 여객선 사장이 특별히 외도 근처에다 우리를 내려준다잖아. 사실은 이거 불법이거든? 그러니 내릴 땐 잽싸게 내려야 해."

여객선이 외도 근처에 이르렀을 때 작은 배 하나가 우리를 마중 나와 있었다. 남편은 흔들리는 뱃전에 서서 내 손을 잡고 기우뚱거리며 작은 배로 옮겨 탔다. 그야말로 일엽편주(一葉片舟) 같은 조각배에 발을 내딛는 순간 남편은 균형을 잃고 넘어지고 말았고, 덩달아 나도 넘어졌다. 이제 죽었구나, 아찔한 생각이 머리를 스쳤다.

그런데 어디선가 구름을 헤치고 나타난 햇살 같은 구원의 손길이 나를 잡아 일으켰다.

"수고하셨습니다. 이제 안심하셔도 됩니다."

먼 곳에서 들려오는 듯한 평화로운 목소리였다. 그 목소리를 들으며 나는 '살았구나' 하는 안도의 한숨을 내쉬었다. 정신을 차려보니 병아리색 노란 레인코트를 입고 검정 장화를 신은 멋진 청년이 우리를 보며 미소를 짓고 있었다. 두려움 없는 미소, 너무나 평화로운 미소였다. 나는 남편을 툭툭 치며 물었다.

"거제도에 웬 미남?"

그가 바로 강수일이었다. 마치 영화 속에서 튀어나온 주인공처럼 멋진 미소와 여유를 가진 청년이 거센 물살을 헤치며 나아가는 뱃전에 의젓하게 서 있었다.

처음 외도를 찾아왔을 땐 그야말로 내 삶이 기로에 섰다는 착잡한 심경뿐이었다. 이 남자가 어쩌자고 이런 대형사고를 쳤을까, 하는 불안함 때문에 제 아무리 하늘이 주신 미남이라도 눈에 들어올 상황이 아니었다. 하지만 외도에 나름대로 마음을 붙이고 찾아왔던 그날은 상황이 바뀌었다.

지금도 멋지다는 영화배우들을 볼 때면 강수일 이사가 젊었을 때보다 못하다는 생각을 많이 한다. 그는 그림 속에 들어앉은 것 같은 생명력 없는 미남이 아니라 겉과 속이 다 알찬 사람이었다. 여자로 치자면 재색을 겸비한 인물이었다. 더군다나 생각하며 일하는 아이디어도 톡톡 튀어 전문인도 해결하지 못하는 새로운 문제들을 연구해서 해결할 뿐 아니라 궂은 일, 힘든 일을 솔선수범해서 보여주었다. 우리가 시켜서 하는 일도 있었지만, 근본적으로 그는 모든 일을 스스로 찾아서 하는 사람이었다. 그가 한번 마음먹고 일을 한 자리는 완벽하게 정리되어 있었다.

이 척박한 외도에서 강수일 같은 사람이 없었다면 우리는 무엇을 할 수 있었을까? 오늘의 외도가 과연 탄생될 수 있었을까? 만약 강수

일이 겸손하고 알찬 사람이 아니라 과시하기 좋아하고 우쭐대는 속 빈 사람이었다면 우리는 일찌감치 외도를 포기했을지도 모른다.

정말 외도를 포기하고 싶었던 순간이 많았다. 서울에서 외도까지 열두 번 넘게 차를 갈아타고 내려야 하는 어려움 속에서 왜 좌절이 없었겠는가. 수없는 선착장의 유실, 가꾸어 놓으면 한순간에 다 날려버리는 태풍. 돈에 쪼들리고 일에 쪼들리면서 적지 않은 고통을 받은 우리 부부는 정말 포기하고 싶을 때가 많았다.

"이번엔 내려가 손들고 옵시다!"

그러나 외도에 도착해서 강수일 내외를 만나면 차마 말이 나오지 않았다. 그들의 진실함, 그들의 한없는 소박함이 우리의 말문을 막아버리곤 했다. 섬을 떠날 때 그와 그의 가족들이 높은 바위섬에 올라가 옹기종기 서서 손 흔들어 주던 이별의 장면을 어찌 잊을 수 있을까?

다 포기하겠다고 마음먹고 내려온 우리는 섬을 떠날 때 오히려 눈물을 흘리면서 빨리 와서 용기를 주어야지, 하는 다짐을 더 굳게 하며 돌아서곤 했다. 우리를 믿고 저토록 혼신의 힘을 다하는 강수일의 꿈도 우리의 꿈만큼 소중했기 때문이었다. 헤어지자고 수천 번 다짐하고도 못 헤어지는 애인처럼, 강수일은 우리를 외도와 헤어지지 못하게 했던 가장 큰 힘이었다.

강수일. 그는 크게 공부한 것은 없었지만 어디서 배웠는지 돌 하나를 쌓아도 야무지게, 끈 하나를 매도 다부지게, 나무를 하나를 베어도 완벽하게 베어놓고 정리하는 성격이었다. 그의 몸놀림은 너무나 가벼워서 그의 노동은 마치 행위예술처럼 보였다. 그것은 노동의 신성함을 깊이 체득한 사람만이 가질 수 있는 아름다움이었다.

남편은 언제나 나보다 강수일의 말을 더 신뢰했다. 밤이 새도록 싸우면서 우리 부부가 해결 못한 일도 강수일은 쉽게 해결했다. 내가 아무리 아니라고 해도 결코 인정하지 않던 남편은, 강수일이 "사장님, 그건 아닌 것 같습니다" 하고 한 마디만 하면 승복했다.

"그래? 정말 그래? 강수일 씨가 그렇게 생각하면 그렇게 하지."

옆에서 듣는 내가 울화통이 터질 만큼 쉽게 강수일의 말을 인정하고 수긍했다. 아마 강수일이 내 맘에 들지 않는 사람이라면 우리는 그런 것 때문에도 많이 싸웠을 것이다. 그러나 나 또한 남편처럼 강수일을 믿었다. 그의 말은 거의 대부분 틀림없었기 때문이다. 작은 섬에서 자란 사람이지만 그의 큰 마음, 그의 지혜로움은 신뢰감을 주기에 충분했다.

그는 6살 나이에 어머니를 잃고 아버지와 함께 11살에 섬에 들어왔다. 엄격한 아버지 밑에서 자란 그는 학교는 거의 다니지 않고 아버지에게서 삶에 필요한 모든 것과 농사를 배웠다. 아버지마저 일찍 돌아가셨지만 사람 도리를 일찍 배운 그는 씩씩하게 잘 살아가고 있었다.

우리가 섬을 샀을 때 외도 주민은 여섯 가구가 있었는데, 그 여섯 가구 중에서 잘 생기고 영리한 청년이 하나 눈에 띄었다. 그는 고구마 농사를 짓고, 물고기를 잡고 미역도 채취하며 부지런히 살고 있었다. 성격도 명랑하고 손재주도 좋아서 우리의 첫 직원으로 고용을 했다. 그때 그의 나이 스물일곱이었다.

그는 강 과장, 강 소장, 강 농장장을 거쳐 외도의 오픈식과 함께 이

사 자리까지 맡았다. 늘 많은 일을 하느라 섬에서 나갈 생각 한 번 해 보지도 못한 채 30여 년을 한결같이 소박하고 부지런한 모습으로 일 했다. 스물일곱에 만나 이제 육십 고개를 넘었으니 그는 고스란히 외도의 역사이자 증인인 셈이다. 또한 자상한 아버지로써, 성실한 남편으로써 일과 가정을 성공시킨 사람이다. 온화한 표정 속에 굳센 의지를 담은 아름다운 사람이다.

저녁을 먹고 난 후 우리 두 내외는 때때로 비너스 가든으로 나와 산책을 즐기곤 했다.

"여보, 강 이사 내외는 잠들었을까?"

"그럼, 잠들고말고. 하루 종일 힘들게 일했으니 벌써 곯아 떨어졌겠지."

강수일 이사네 집 창가에 켜둔 불빛은 유난히 따스하게 느껴지곤 했다. 우리가 신뢰할 수 있는 사람의 창가에 켜진 불빛이라서 그런 것일까?

어느 곳에나 성공의 이야기 뒤에는 그 성공을 위해 도움을 준 더 많은 분들의 땀과 눈물이 있다. 외도에는 강수일 이사의 땀과 눈물이 알알이 맺혀 있다. 그의 땀과 눈물, 외도를 위해 헌신한 한평생이 서이말 등대의 불빛처럼 이 세상에 남아 외도를 지키는 영원한 등불이 되어줄 것이라고 나는 믿는다.

절벽 위의
일곱 평짜리 교회 이야기

우리 부부가 외도의 이곳저곳을 둘러보고 있을 때면 우리가 외도의 주인이라는 것을 알아보고 손님들이 반갑게 악수를 청할 때가 있다.

"대단하십니다. 참으로 선견지명이 있으셨습니다. 여기 와서 '나는 그동안 살아오면서 무엇을 했던가' 하고 자신을 되돌아보고 갑니다."

관광정책에 대한 힌트를 얻기 위해 지방자치단체 공무원들도 종종 방문하는데, 관련 팀원 전체가 오거나 때로는 도지사까지 올 때도 있다. 그들은 외도가 좋은 모델이라며 나에게 특별 강의를 부탁하기도 한다. 강의가 끝난 뒤 이렇게 말하는 공무원들도 있다. "당신들이 바로 애국자이십니다. 대한민국의 애국자가 따로 없어요!"

그 외에도 유명한 작가, 배우, 장관, 심지어 대통령까지 일부러 시간을 내어 외도까지 찾아와주었다. 내가 허리 굽히고 가도 보기 힘든 바쁜 분들이 우리 집 앞마당으로 스스로 찾아오는 것이다. 우리 마루 위에서 그들이 편히 쉬며 좋아하는 모습들을 보면 "내가 참 보람 있는

누구든 자유롭게 찾아와 기도하고 명상할 수 있도록 문을 열어둔 명상의 교회.

일을 했구나" 하는 생각이 절로 든다. 가장 기쁜 것은 내 생각에 그들이 공감해주는 것이다.

하지만 남편과 나는 선견지명을 가진 사람들도 아니며, 대단한 애국자도 아니다. 도전하는 사람은 아주 똑똑한 사람이거나 혹은 아주 무모한 사람, 둘 중의 하나라는데 우리는 물론 후자에 속하는 사람들이다. 개성이 뚜렷하거나 특별한 능력이라고 내세울만한 것이 우리에게는 없었다.

굳이 찾는다면, 어떤 일이든 한번 시작을 하면 끝을 본다는 마음으로 최선을 다하는 자세가 남달랐다고 할 수 있을까. 한국 최고의 자기계발전문가 공병호 박사는 〈명품 인생을 만드는 10년 법칙〉이라는 책에서 어떤 분야든 절실한 마음으로 10년을 투자하면 큰 성과를 낼 수 있다고 했다. 10년 법칙은 10년간의 불확실함, 모호함에 모든 것을 쏟아 붓겠다는 결단이며, 물리적 시간도 중요하지만 그보다는 얼마나 몰입하고 헌신하느냐가 관건이라고 했다.

우리는 그 누구도 관심을 갖지 않던 분야에 30년을 넘게 투자했다. 이루 말할 수 없는 불확실함과 모호함 속에서도 남들이 말하는 쉬운 길에는 눈길 한 번 주지 않았다. 부동산 투자나 재테크는 아직도 알지 못하며, 적금통장 하나만 관리하면서 모든 시간과 수입을 꿈을 이루는 데 쏟아 부었다. 10년 법칙을 실행하면 명품 인생의 5가지 조건인 경제적 자유, 그 업계에서의 전문가라는 사회적 위치, 타인의 인정과 존경, 스스로 느끼는 자긍심, 순간순간의 행복감이 저절로 따라온다고 했는데, 30년이 지나자 일부러 추구하지도 않고 꿈도 꿔보지 않았던 그 모든 것들이 정말 저절로 따라왔다.

내게 과분하게 주어진 그 모든 것에 평생 감사를 드려도 모자랄 것 같다. 하지만 내가 얻은 것 중에 으뜸은 신의 섭리를 알고 순간순간 깊은 감사를 느끼게 된 것이라 말하고 싶다.

외도에서 세월이 흐르고 다양한 일들을 겪으면서 나는 감사한 마음을 표현하고 싶어졌다. 어디 한 장소를 정해 그곳에서 신을 만나고 감사하며, 그의 뜻에 맞는 사람이 되기 위해 나 자신을 돌아보는 명상의 시간을 갖고 싶어졌다. 그래서 만든 것이 '명상의 교회'라는 아담한 집이다.

너무 외지지도 번거롭지도 않은 절벽 위에 지어진 일곱 평짜리 작은 교회. 그곳에 오르면 내도의 절경이 한눈에 펼쳐지고 오른쪽으로는 '서이말 등대'가 그림처럼 서 있다. 절벽에서 바라보는 서이말 등대는 하얀 부속건물이 많아 마치 그리스의 산토리니 섬 같이 보인다. 하얀 지붕을 한 아름다운 집들이 해안선과 언덕을 따라 펼쳐진 그리스의 그 아름다운 별장촌 말이다.

말이 교회지 목사님이 계시거나 정기 예배가 있는 곳은 아니다. 그러나 이곳은 대자연의 품에서 조물주의 위대함을 본 사람, 그 속에서 인간의 연약함을 본 사람들이 스스로의 영혼과 깊은 대화를 나눌 수 있는 곳이다. 이 작은 교회에 몇 명 되지 않는 식구들이 모여서 찬송가도 부르고, 창틀 너머로 펼쳐진 대자연 앞에 무릎을 꿇고 감사의 기도를 드리기도 한다. 바람 소리, 파도 소리, 움직이는 나뭇가지와 들새들의 노랫소리를 조물주의 새로운 메시지로 듣기도 한다.

교회를 만들기 전부터 나는 이 절벽을 찾아와 늘 차분하게 마음을 다스리곤 했는데, 그래서 이곳에 '명상의 언덕'이라는 이름을 붙여두었던 차였다. 아끼던 곳에 교회를 지었으니 얼마나 기뻤겠는가. '네 시작은 미약했으나 그 끝은 창대하리라'는 성경 말씀을 적어두었고, '예수님의 세례'라는 성화도 걸었다. 그림 아래쪽으로는 작은 십자가도 세워두었다.

절벽에 세워진 교회 앞에는 돌계단을 쌓았고, 계단 사이사이에는 꽃을 심었다. 꽃들이 피어나는 돌계단 사이사이에는 나무를 켜서 만든 자연목 의자 80여 개를 놓아두었다. 마치 작은 야외 음악당 같기도 한 그 돌계단의 나무 의자에서 사람들은 편히 쉬기도 하고, 조용히 대화를 나누기도 하고, 사진도 찍기도 한다. 종교에 상관없이 교회 안으로 들어와 기도를 하거나 명상을 하는 사람도 많다.

그렇게 영적 공간을 마련하고 보니, 마음의 안정을 찾고 아픈 마음을 쓸어안고 싶은 사람에게 위로를 줄 수도 있는 소중한 공간이 되었다. 여행하는 사람들은 대부분 가족이나 연인과 함께 즐거운 시간을 보내기 위해 아름다운 곳을 찾는다. 하지만 외도를 지키다 보니 외로움과 슬픔을 이기지 못해 여행을 떠나는 사람들도 많다는 것을 알게 되었다. 그런 사람들은 아름다움이 극한에 이른 곳을 보면 그만 이 세상을 떠나고 싶어지나 보다.

이런 일이 있었다. 유람선 한 대가 들어왔다 나갈 시간이 되었는데, 일행 중 한 명이 도무지 보이지 않는다며 난리가 났다. 혼자 온 할머니라는데, 직원들이 섬 구석구석을 뒤져도 보이지 않았다. 혹시 바닷가에 빠진 것은 아닐까? 외도에서 가장 험한 남쪽 벼랑으로 가보았더니, 가지런히 개켜놓은 옷과 신발 한 켤레가 바다 쪽을 향해 있는 것이 보였다. 나중에 해경이 와서 합동수사를 했지만, 누가 보아도 명백한 자살이었다.

그 뒤로는 벼랑이 있는 곳, 조금이라도 위험한 곳엔 손님들이 들어가지 못하게 줄을 둘러 쳐놨다. 안전시설이 부족해서 일어나는 사고를 방지함은 물론, 아름다운 곳에서 이 세상을 하직하려고 맘먹은 사람들도 계획을 실행으로 옮기지 못하게 하기 위해서였다.

하지만 외도의 아름다움을 보고 힘을 얻어 돌아간다는 사람들이 훨씬 더 많으니 다행이다. 명상의 교회 안에는 느낀 점을 적고 갈 수 있는 방명록이 있는데, 가슴 찡한 사연들이 많이 적혀 있다.

"몸이 너무 약해서 일도, 연애도, 그 모든 것이 되지 않아 앞이 보이지 않는 상황이었습니다. 이놈의 세상, 이제 살고 싶지 않아 마지막 결심을 하고 왔는데 이곳은 어찌나 아름답던지요. 버리려고 왔던 이곳에 생각지도 않았던 교회가 있어 기도하고, 그분의 음성을 듣고, 오히려 희망을 얻어가지고 갑니다. 더 열심히 살겠습니다. 그리고 10년에 한 번씩은 꼭 이곳을 찾아오겠습니다."

유난히 말라 피골이 상접한 청년이 교회에 오래 앉아 있더니, 이런 글을 남기고 갔다. 사업에 실패했다는 중년 남성이 남기고 간 글도 있다.

"오랜 꿈을 이룬 사장님 내외 두 분을 보고 저도 용기를 갖고 갑니다. 저를 위해 기도해주세요."

그런 일들이 있은 후 명상의 교회 안에는 희망을 주는 성경과 찬송가 구절들을 써붙여 두었다. 지푸라기조차 잡고 싶은 심정을 가진 사람의 절박한 심정에 혹시나 도움이 될까 해서였다.

어두운 후에 빛이 오며
바람 분 후에 잔잔하고
소나기 후에 햇빛 나며
수고한 후에 쉼이 있네.

연약한 후에 강건하며
애통한 후에 위로받고
눈물 난 후에 웃음 있고
씨 뿌린 뒤에 추수 있네.

누구에게나 고통과 시련이 있을 수밖에 없는 우리의 인생살이에 이 찬송가 구절은 큰 위로가 된다. 실의에 빠진 사람들이 명상의 교회에 앉아 아름다운 풍경 속에서 신의 뜻을 한 번 더 생각하고 삶의 순간순간을 소중히 여기는 데 보탬이 될 수 있다면 더 이상 바랄 것이 없겠다.

나는 매일 밤 기도를 한다. 이렇게 아름다운 섬을 주신 것에 감사하는 것으로 시작해서 간절한 기원으로 끝맺는다.

"오늘 우리 섬에 오셨던 모든 분들이 기쁜 마음으로 집까지 무사히 도착하게 해주십시오."

나를
키운 건
가난이다

3

담벼락 밑에서 자란 소녀

내가 사춘기에 접어들 무렵, 6.25 전쟁이 터졌다. 느닷없이 전쟁에 휘말린 우리 가족은 보따리에 짐 몇 가지를 챙겨 피난길에 나섰다. 밀리고 또 밀리는 피난길. 지축을 흔드는 포화 속에 피난민들은 두려움에 떨면서도 발걸음을 재촉했다.

우리는 경기도 양주 덕정리 집에서 서울, 영등포와 수원, 오산, 공주, 논산을 거쳐 걸었다. 어느 처마 밑에라도 멈춰 밤을 맞이하게 되면 퉁퉁 부은 우리들의 발을 어루만지며 한숨을 쉬던 어머니의 거친 손길이 애처로웠다. 때로는 소가 사는 외양간 신세를 지면서, 때로는 길가에서 눈을 붙이면서 우리 식구는 계속 남으로 내려갔다.

아버지는 지게에 이불 보따리를 얹고 그 위에 막내 동생 순옥이를 올려놓았다. 그 무거운 지게를 하루 종일 지고 아버지가 앞장섰고, 먹을 것과 잡동사니 살림들을 머리에 인 어머니가 내 손을 잡고 그 뒤를 따랐다. 나는 괴나리봇짐을 등에 지고 열심히 걸었다. 자칫 한눈을 팔

132

다가 아버지 어머니를 잃어버릴까 봐 앞만 보고 열심히 걸었다.

저녁이 오면 지게 위에 매달려 있던 동생이 울먹였다.

"아버지, 빨리 방 얻어. 추워 죽겠어."

그 소리를 들으면 아버지 한숨은 길어졌다. 끙끙거리며 그 무거운 지게를 지고 걷던 아버지. 그 등에 얹힌 짐은 얼마나 많았으랴. 막내가 재촉하면 이렇게 말하곤 했다.

"한 걸음이라도 더 가야 산다. 그러지 않으면 죽는다."

그렇게 절박한 피난길이었지만 어린 우리는 그저 발이 아프고 배가 고파서 밥 한 그릇 먹으며 잠시 쉬는 것만이 간절했다.

어느 날, 그 절박한 피난길에서 신경이 날카로워져 있던 아버지와 어머니가 싸움을 했다. 하루가 급하고 한시가 급한 피난길에서 오죽 했으면 두 분은 그렇게 심하게 싸웠을까?

아버지는 우리 자매를 앉혀놓고 '죽어도 고향 가서 죽을 것이니 그리 알거라' 하고 다짐했고, 어머니는 어머니대로 '갈 테면 가라지' 하며 분을 못 참아 했다.

마침내 참을 수 없이 화가 난 아버지는 지게를 벗어놓고 정말로 오던 길을 역행해서 떠났다. 지게에 막내 동생을 올려놓은 채로. 우리는 울며불며 아버지를 잡았지만 아버지는 매정하게 우리 손을 뿌리치고 재빠른 걸음으로 피난길을 역행해서 걸어가기 시작했다. 지게 위에 얹혀 있던 막내 동생이 '아버지, 아버지' 하고 울며 소리쳐 불렀지만 소용이 없었다.

나는 울지 않았다. 단지 등을 보이며 순식간에 사라져가는 아버지를 물끄러미 바라보고 있었을 뿐이다. 멍하니 바라보다가 한숨을 쉬고 들판에 풀썩 주저앉았다. 모든 것이 현실 같지 않았다. 꿈속의 일 같고 남의 일 같았다. 이 전쟁도, 아버지가 등을 돌려 사라지는 것도…….

어머니는 목이 쉬도록 울고 있는 동생을 향해 눈물을 그치라고 언성을 높였다. 동생은 소리도 내지 못하고 속으로 흐느껴 울었다. 나는 지게로 다가가 동생을 업었다.

"괜찮아. 조금 있으면 아버지가 다시 올 거야."

손가락이 들어가지 않을 만큼 엉겨 붙은 동생의 머리카락을 쓰다듬으며 동생을 위로했다. 내 생각은 하지도 않고 오직 울고 있는 동생이 너무 불쌍하다는 생각뿐이었다. 전쟁이 나기 전만 해도 우리 시골 마을 전체가 예뻐하는 귀염둥이였던 동생이 피난길에서 울고 있는 모습은 영락없는 거지였다.

아버지는 돌아올 기미가 보이지 않고, 어머니도 넋을 잃고 한참을 앉아 있었다. 갈 길이 구만리인데 이를 어쩌나. 어머니는 고민으로 속이 까맣게 타들어갔을 것이다.

한 시간쯤 지났을까? 아버지가 다시 나타났다.

"순옥이가 아버지, 아버지 찾으며 우는 소리가 귀에서 사라지지 않아 다시 돌아왔어."

그 사이 화가 누그러진 아버지는 핑계를 대며 다시 지게에 동생을 올려놓았다.

"자, 다시 가자. 잔소리 하지 말고."

어머니는 그제야 안심이 되었는지 아무 소리 않고 일어났다. 생이별을 할 뻔했던 우리는 다시 하나로 뭉쳐 피난민 대열에 끼어들었다.

그렇게 산을 넘고 물을 건너 부여에 도착한 후 지금의 논산군 성동면 선들마을에 정착하게 되었다. 전쟁은 고향땅에 붙박이로 살던 두 분을 피난생활로 내몰았고 그 후로도 2년간을 고향으로 돌아가지 못하고 정처 없이 떠도는 신세로 만들었다.

9.28 수복 이후 38선이 가까운 내 고향 경기도 양주에는 미군부대가 들어섰다. 당연히 양색시들이 방을 구해서 살기 시작했다. 고향으로 돌아온 후 어머니는 내가 그들에게 눈길도 두지 못하게 했다.

"양갈보 근처에는 가지도 마!"

나는 불호령이 무서워서 낮에는 양색시 집 근처에 얼씬도 하지 못했다. 그러나 어린 아이들에게 빵이나 초콜릿 한 조각의 위력은 금족령을 뛰어넘는 대단한 유혹이었다.

나는 어머니가 곯아떨어진 초저녁이 되면 잽싸게 댑싸리 울타리 밑으로 갔다. 쪼그리고 앉아서 귀를 쫑긋 세우면 양색시 집에서 컨트리송이나 고전 음악 같은 것들이 흘러나왔다.

그런 음악들을 쪼그리고 앉아 듣던 것이 내 음악 감상 역사의 시작이었다. 흘러나오는 음악은 선명하게 들리는 날보다 그렇지 않은 날이 더 많았다. 스펀지가 물을 빨아들이듯이 나는 그 음악들을 모든 감각을 동원해서 내 영혼 속으로 빨아들였다. 그 느낌이 무엇인지 정확하게 알지도 못하면서 무조건 음악을 들었다. 한여름 지독한 모기에 뜯겨가면서도 매일 한두 시간씩 댑싸리 밑에서 음악을 듣곤 했던 것

나를 키운 건 가난이다...   **135**

이다.

'이 음악은 정말 멋지다. 이 음악은 왠지 슬프군.'

그 음악들은 저절로 마음에 새겨졌다. 시골 초등학교만 나온 나에게 그 시절의 음악들은 제목이나 가사 내용을 알지도 못하면서도 느낌으로 전해져온 '진짜 음악'이었던 것이다. 그 음악 속에서 나는 너무나 신나고 행복했다.

음악에도 희로애락이 있다는 것을 나는 댑싸리 울타리 밑에서 깨우쳤다. 제니스 라디오에서 흘러나오던 그 추억의 음악들을 듣던 때처럼 내게 음악이 절실하고 아름다웠던 때가 또 있을까?

가난은 나의 힘

가난했던 그 시절, 나는 그렇게 공부가 하고 싶었다. 늘 꿈만 꾸던 새로운 세상을 체험하기 위해서는 공부 외에 다른 길은 없었다. 전쟁이 막 끝났던 어린 시절, 큰언니는 보따리 장사를 시작했다. 미군부대 옆에 사는 양색시들에게 옷장사를 해서 돈을 좀 벌었기에, 나는 언니에게 "나 공부 좀 시켜줘" 하고 부탁했다.

"열여덟이나 먹은 다 큰 계집애가 시집 갈 생각은 않고 공부하겠다니, 그게 대체 무슨 소리야?"

어른들이 듣고 호통을 쳤다. 아버지는 다듬이 방망이로 나를 때리기까지 했다. 팔촌 친척은 미군 부대에서 일하며 흰 칼라가 빛나는 교복을 입고 학교를 다니는데 나는 집에서 불이나 때고 있다니, 견딜 수가 없었다. 학교 얘기를 다시 꺼냈다가 믿었던 어머니에게마저 매를 맞고 나자, 나는 부뚜막을 부지깽이로 때려 부수고 지나가는 트럭을 얻어 탔다. 그길로 서울로 떠나왔다.

큰언니는 고맙게도 장사해서 번 돈으로 나를 학교에 보내주었다. 미군이 점령지에 세우는 학교인 고등공민학교는 지금으로 치면 중학교였는데, 천막 치고 가마니를 깐 형편없는 가건물이었다. 겨울이면 텐트 밑에 땅을 파놓은 화장실에 똥이 얼어붙어 산처럼 올라왔다. 나는 4년이나 어린 애들과 함께 다녔기에, 놀 친구도 없었다. 168센티의 키에 45킬로의 깡마른 몸 때문에 유난히 눈에 띄던 학생이었다.

그래도 공부가 그렇게 재미있을 수 없었다. 당시 아버지의 외가댁이 신설동에서 토목점을 하고 있었는데, 낮에는 학교를 다니고 저녁에는 토목점 일을 도왔다. 리어카를 끌고 물건 나르는 것을 돕기도 했고, 밤에는 설거지를 했다.

친척들과 사는 것은 괜찮았는데, 거기서 일하는 아줌마가 오히려 텃세를 부렸다. 나를 계속 구박하면서 조금 덜 도와드리는 날에는 특히 내가 밥을 많이 먹는다고 들볶았다. 하루 종일 일하랴, 남의 밥 먹으며 눈치 보랴 고달팠지만, 밤에는 아버지 몰래 작은 아버지가 짜준 책상에서 공부를 했다. 6개월간 열심히 했더니 수학은 반에서 1등을 할 수 있었다.

나는 고향집에서 엄마가 몰래 보내준 쌀자루를 이고 청량리역에서 신설동까지, 돈암동까지 전철을 타고 다니곤 했다. 대광고등학교 앞을 지날 때쯤이면, 교복을 입은 채로 한손엔 책가방을 들고 머리 위에는 흰 쌀자루를 인 나를 쳐다보고 남학생들이 낄낄거리곤 했는데, 그 앞에서 쩔쩔 매느니 멋있게 씩씩하게 걷는 게 더 나을 것 같아 더 가슴을 쫙 펴고 당당하게 걸어다니곤 했다.

청량리역 근처에는 돈을 내놓지 않으면 옷에 피를 묻히겠다고 협박하는 깡패와 거지들이 유난히 많았다. 한 번은 거지 한 명에게 돈을 주니까 주변 거지들이 떼로 몰려든 적이 있었다. 나는 교복 치마를 입은 채 그들을 공격했다. 그들은 치마를 입은 여학생을 때리지는 못하고 돌멩이를 던지며 위협하기 시작했다. 나는 도망가면 더 큰 일이 날 것 같아 그 자리에 버티고 서서 눈싸움을 시작했다. 지나가던 아주머니가 말려서 싸움이 끝날 때까지 나는 지지 않았다. 초라하고 초라하던 시절, 나는 그렇게 나를 지키려고 안간힘을 썼다.

남에게 신세 지는 것이 싫어 돈도 쓰지 않고 참았다. 남이 사주는 걸 얻어먹으면 나도 갚아야 하니까 얻어먹지도 않았고, 먹고 싶은 게 보여도 침 한 번 꿀꺽 삼키면서 참았다.

그렇게 깡으로 버티면서 공부한 끝에 중 3이 되어 사범학교 시험을 쳤다. 28:1의 경쟁률을 뚫고 합격한 뒤 선생님이라는 직업이 보장되자, "계집애가 바람나려고 학교나 다닌다"며 나를 비웃던 동네 사람들의 태도가 싹 달라졌다. 아버지는 "자넨 어찌 그리 딸을 잘 뒀나"는 인사를 받았고, 당시 최고 인기 신랑감이었던 철도 공무원, 은행원에게 시집오라는 중매가 줄을 이었다.

사범학교를 졸업한 나는 낮에는 초등학교 교사로 일을 했고, 저녁에는 성균관대학교 야간대학 1기생으로 학교를 다녔다. 풀어놓은 망아지들처럼 씩씩한 꼬마들과 하루를 보내다가 다시 학교로 공부를 하러 가야 하는 날들은 무척 고단했다. 저녁도 먹지 못하고 마른 목도 축이지 못한 채 그 길을 걸어가서 수업을 들었다. 수업이 끝나면 다시

고픈 배를 안고 통금 시간이 다 되어서야 쓰러져가는 집으로 돌아오곤 했다. 너무 힘들다는 생각이 들 때마다 나 자신에게 용기를 주기 위해 이렇게 중얼거리곤 했다.

"나는 건강하다. 나는 너무 신이 난다. 나는 너무나 멋진 여자다. 나는 최고다!"

가난하던 학창시절, 배고픔과 피곤함은 끈질기게 나를 따라다녔고, 뼛속 깊이 고독하다고 느낀 날도 많았지만, 아무에게도 그런 모습을 보이지 않았다. 약하게 보이는 것이 싫었기 때문이었다. 나는 늘 긍정적인 생각을 하려고 애썼다.

'배고픔도 훗날 생각하면 자랑스러울 것이다. 가난을 낭만으로 여기게 될 날이 있을 것이다. 젊은 날, 배 곯아가면서 공부 해보지 않은 사람은 인생을 논할 자격이 없다.'

외도를 가꾸면서도 이제 끝장났다 싶은 위기가 닥치면 나는 늘 씩씩하게 남편을 위로했다.

"더 부자가 된들 하루 세 끼 먹지 다섯 끼 먹겠어? 아무리 못 살아도 된장국, 콩나물국 못 먹고 살겠어? 내친 김에 끝장을 봅시다. 우물에 빠진 것도 아니고 이렇게 경치 좋은 바다 한가운데 빠졌는데, 우리 운명을 사랑하고 헤쳐 갑시다."

그때 나를 철저히 훈련한 덕분에 배짱이 생겼는지 더 이상 두려운 게 없었다. 이북에서 맨손으로 월남한 남편도 어려움에 부딪히면 늘 이렇게 말하곤 했다.

"난 이북에서 아무 것도 가지고 나오지 않았어. 내가 그때 월남하지

가난은 나의 힘. 힘들고 어려운 시절을 겪으며 남편과 나는 잡초 같은 생명력을 얻었다.

않았으면 이렇게 쌀밥 먹고 살았겠어? 지금 누리는 이 모든 것이 다 고생해서 이루어 놓은 거야. 재산도 자식도. 나는 맨손으로 내려와 살았던 때를 생각하면 정말 아무것도 무서울 게 없어."

남편과 나는 가난함을 이겨낸 그때를 생각하며 어떤 힘든 일도 이겨낼 수 있었다.

그래서 나는 부유함의 장점보다 가난의 장점이 더 많다고 생각한다. 가난한 사람은 부자보다 더 소망하는 것이 많아 몇 배나 더 노력하기 때문이다. 게다가 잃어버릴 게 없다는 배짱 앞에서 두려울 게 뭐

나를 키운 건 가난이다...

있으랴. 열심히 노력해서 자수성가한 사람들은 대부분 가난한 집 출신이라는 것을 보아도 가난의 힘을 알 수 있다.

스스로 노력해서 부자가 된 사람들은 대부분 성취동기가 아주 강한 사람들이다. 권력에 줄을 대거나 어쩌다 보니 운이 좋아 졸부가 된 사람들 외에는 남보다 더 노력하고, 더 열심히 살아온 사람들이다. 그래서 부자들에게는 배울 점이 많다. 정직한 부자들은 호기심과 존경의 대상이 되어야 한다고 생각한다.

가난이 대물림 되는 세상이라고들 한다. 그러나 가난을 잘 이용하고 소망을 가지면 이렇게 기회가 많은 사회도 드물다. 공장에서 열심히 일하다 사장까지 된 사람, 자기가 좋아하는 일에 몰두하다가 성공한 사람 등을 보면 이 지구상에서 우리나라만큼 아이디어와 성실성 하나로 쉽게 성공할 수 있는 나라도 많지 않다는 것을 알게 될 것이다.

나는 가난할 때, 부자일 때 둘 다 행복했다. 어쩌면 가난할 때 더 자주 웃고 희망에 부풀었던 것 같다. 열심히 노력하면 원하는 변화가 눈에 확연히 보였기 때문일까? 그것이 인생사는 재미라 생각한다.

시장에서 배운 인생

남편은 9년 동안 수학 교사로 일했고, 나도 18년간 초등학교 교사로 일했다. 그러나 이북에서 내려온 생활력 강한 남편은 항상 크게 성공하고 싶어 했고, 자신의 모든 것을 걸고 모험을 하고 싶어 했기에 교사에 만족하지 못했다. 그때 우리 언니네가 장사를 접고 딴 일을 하겠다는 이야기를 했다. 남편은 이때가 기회다 싶어 싼 값에 가게를 물려받기로 했다.

부부 교사로 출발해서 오랜 시간을 교단에서 보내던 우리는 갑자기 동대문시장에서 장사를 시작했다. 남편은 전업이었고, 나는 한동안 학교 일과 시장 일을 병행했다. 그곳에서 '흥일상회'로 시작해서 제일모직 총판을 운영할 때까지 20여 년의 세월을 보냈다. 외도가 자리를 잡을 때까지 여기서 얻은 수입을 몽땅 외도에 쏟아부었던 것이다.

우아하고 아름다운 외도와 정신없는 동대문시장이 무슨 상관이냐고 물을지 모르겠다. 그러나 동대문시장은 우리 부부에게 진짜 삶을 가르쳐준 훌륭한 학교였다. 남들에게는 시시해 보이는 이 학교를 거쳤기 때문에 그 힘든 외도에서도 성공할 수 있었던 것이다.

사람들은 흔히 장사꾼이라고 하면 이익만을 추구하는 세속적인 사람이라고 생각한다. 하지만, 적어도 그들은 자신들의 노력을 바탕으로 이익을 구한다. 장사를 하는 사람들 중에는 노력하지 않고 돈을 벌기를 바라는 사람은 없다. 누구보다도 부지런하게, 거저 얻는 것 바라지 않고 진정으로 열심히 사는 사람들이 바로 장사하는 사람들이라고 생각한다. 진정 부끄러워해야 할 사람들은 노동하지 않고 불로소득을 바라는 사람들이 아닐까.

70~80년대의 시장바닥은 그야말로 부지런한 사람들만이 살아남을 수 있는 척박한 삶의 터전이었다. 그때는 일 년에 단 하루도 놀지 않고 개미같이 일했다. 10원, 20원을 다투면서 열심히 일하며 살아가는 것이 시장 상인들의 모습이었다.

시장 바닥이 그렇게 힘들고 치열한 곳이라는 걸 나는 미처 몰랐다. 장사라는 것이 물건 진열해 놓고 손님하고 흥정하고 돈만 받으면 다 될 것 같지만 천만의 말씀이다. 장사를 제대로 하기 위해서는 여러 가지 덕목을 갖추어야 했다.

지금이나 그때나 나는 장사꾼이나 사업가에게 가장 중요한 밑천은 신용이라고 굳게 믿는다. 당시 전직 교사 출신인 남편과 내가 장사를 하겠다고 나서자 주위 사람들은 우리를 걱정스럽게 바라보았다. 얼마 안 가서 망할 거다, 부도를 내고 손을 털고 말 거다 등등 이상한 소문도 많이 돌았다.

144

제일모직 대리점을 하고 있던 우리는 그런 소문에 보란듯이 맞서고 싶었다. 우리는 본사에서 신용을 얻는 방법은 일주일마다 물건 판 돈을 현금으로 본사에 꼬박꼬박 보내는 것이라고 결론을 내렸고, 장사를 시작해서 그만둘 때까지 그렇게 실행했다. 우리 성격에 남의 돈을 쥐고 있는 것보다 빨리빨리 갚는 것이 마음이 편했을 뿐더러, 얼마 안 되는 이자를 위해 돈을 굴리는 것보다 신용을 얻는 것이 더 낫다고 판단하였다.

다른 상인들이 대부분 3개월에서 6개월짜리 어음을 끊어주며 대금 결제를 차일피일 미루는 것과는 너무나 대조적이었으니 본사에서도 우리를 신뢰할 수밖에 없었다. 우리 가게는 본사와 손님들 양쪽에서 신뢰를 얻어 제일모직 대리점 중 판매 1위의 자리에 여러 번 올랐다. 그리고 마침내는 총판의 위치에까지 이르게 되었다.

신용 다음으로 중요한 덕목은 인내와 겸손이다. 자존심이 유달리 강해 성격이 모나다는 소리를 듣기도 했던 내가 인내와 겸손을 배운 것도 이 시절이었다. 가게를 하다 보면 별별 손님들을 다 만나게 마련인데, 나는 자존심보다는 초등학교 교사로 일했던 책임감, 잘못된 것은 어떻게 해서든 고쳐줘야 한다는 의무감 때문에 손님들과 싸우기도 많이 했다. 남의 입장을 생각하지 않거나 생떼를 쓰는 사람들은 한 번 망신을 당해야 다시는 그런 식으로 나오지 않을 것이라고 생각했던 것이다.

그러나 아무리 그래도 우리 물건을 사러 오는 손님은 왕이었다. 어떤 일이 있어도 손님이 왕이라는 사실을 하루에도 몇 번씩 마음에 새기며 장사를 하다 보면 '도를 닦는 일'이 따로 없다는 생각마저 들었다.

겸손하다고 해서 손님들에게 무조건 친절하라는 뜻은 아니다. 손님이라는 사람은 이 집 저 집, 이 제품 저 제품을 비교하게 되어 있는 사람이므로 주인이 너무 친절하면 오히려 부담감을 느끼고 물러나게 되어 있다. 아니면 더 깎아달라, 이것도 저것도 끼워달라 하고 요구해서 물건을 팔면서도 오히려 기분이 나빠지게 된다.

"옆 가게도 둘러보시고, 저희 제품이 좋다고 생각되시면 꼭 다시 오세요."

나는 어느 정도 친절하게 설명을 해준 뒤 오히려 손님을 옆 가게로 보내는 전략을 썼다. 손님들은 어, 이 가게가 얼마나 품질에 자신이 있으면 이렇게 당당할까, 주인이 굉장히 정직한 사람이구나, 하고 생각하게 마련이니까.

자꾸만 억지로 팔려고 하는 태도도 금물이다. 여유로운 마음으로 어느 정도에서는 시비를 끊어야 서로 기분이 상하지 않게 되고, 기분 좋게 친절하게 이야기하다 보면 결국 손님이 물건을 사가게 된다.

손님별로 좋아하는 스타일이 달라서 하나하나 친절히 설명해주는 것을 좋아하는 사람, 혼자서 자세히 살펴보고 결정하는 것을 좋아하는 사람이 있다. 오늘은 그냥 둘러보려고 온 사람도 있고 이제 둘러보다 지쳐서 가격만 적당하면 반드시 구입해서 귀가할 사람도 있다. 사람에 대해 늘 관심을 갖고 관찰하다 보니 손님만 보면 어떻게 해야겠다는 동물적 직감까지 생겼다.

40대 초반이었던 남편은 양복을 빼입고 시골 구석구석을 돌아다니며 샘플을 돌렸고, 100% 판매를 하고 왔다. 남편은 손님을 가게까지 오게 하는 천부적인 기술을 갖고 있었다. 나는 그렇게 찾아온 손님과 대화를 나누며 교제를 한 뒤 우리 손님으로 만드는 기술을 갖고 있었다.

양장점에 오는 사람들은 주로 여자이다. 평범한 아줌마들은 자식, 남편, 시집 얘기를 하며 속을 풀고 싶어 하고, 좀 많이 배운 여자들은 예술이나 다른 차원 높은 얘기를 하며 높게 평가받길 바랐다. 나는 손님의 수준에 맞춰 다양한 이야기 소재로 재미있게 대화를 했고, 얼마 안 가 모든 손님을 상대할 수 있는 친화력을 갖게 되었다.

그렇게 시장바닥의 생리가 몸에 배일 때까지 나는 교사로 일할 때보다 몇 배의 노력을 기울여야 했다. 당시 시장에서 일하는 사람들 중 대학을 나온 사람은 거의 없었거니와 나처럼 교사로 일했던 사람은 희귀종에 속했지만, 장사에는 학벌과 경력은 중요하지 않았다. 시장에서는 열심히 흘리는 땀과 그 땀이 이뤄낸 결실이 곧 신분이자 인격이었다. 이곳에서 나는 지금까지 살아왔던 내 삶의 방식을 버리고 실용적인 삶의 자세를 익혔다.

장사에 도입한 지식경영 기법

"저쪽 가게 아줌마는 기가 막히게 나염을 잘 찍어서 팔더라."

어느 날 남편이 나를 슬쩍 자극하는 말을 던졌다. 욕심 많은 남편은 제일모직에서 1등을 몇 번씩이나 하고도 이 집 저 집을 들락날락하면서 더 좋은 아이템이 없는지 연구하곤 했다. 옷감을 사서 양장점에서 옷을 맞추던 그 시절, 집집마다 새로운 나염을 해서 돈을 버는 것이 유행이었다.

남편도 나염 사업을 해보고 싶었던 모양이었다. 그는 누구보다도 내 성격을 잘 알았다. 질투심 강하고 자존심도 세었기에, 그래서 맘만 먹으면 남보다 몇 배나 노력해서 더 빨리 발전해나가는 나였기에, 그런 식으로 슬쩍 자극하면 미친 듯 몰두해서 새로운 사업으로까지 발전시킬 수 있을 거라고 계산했던 것 같다.

남편의 말을 들은 후 어떤 아줌마인데 남의 남편 칭찬까지 받나 싶어 일부러 그 집을 지나가며 흘끗 보니, 수수하고 별 특징도 없는 중

년 아줌마였다. 나는 내친김에 그 나염이 어떤 공장에서 나오는지 알아보았다.

당시 미아리를 지나 장이동으로 가면 나염 공장이 많이 있었는데, 그곳에서 나는 시장에서 보던 것과는 완전히 다른 새로운 광경을 볼수 있었다. 바로 배합 작업 모습이었다. 누가 샘플을 만들어 오면 배합사라는 사람이 그 샘플에 가장 가까운 색깔을 만들어내도록 염료를 배합하는 것이 시작이라고 했다.

신나 냄새가 코를 찌르는 그 더운 공장에서 웃통을 벗은 아저씨들이 깡통에 염료를 담아 손으로 밀어서 무늬를 찍어내고 있었다. 검정 고무신을 신은 아저씨들은 머리와 옷에 물감을 잔뜩 묻히고 눈이 벌개서 부지런히 움직이고 있었다. 기계 돌아가는 소리가 요란한 공장에는 여기저기 깡통이 뒹굴었고, 한편에서는 발로 천을 밟으며 천을 헹구고 있는 난장판이 여인들의 아름다운 옷을 만들어내는 공간이었다.

나는 꽃무늬가 있는 샘플을 몇 개 들고 담당자에게 부탁을 했다. 일주일 동안 연구를 해볼 테니 이걸 달라고. 그날 집에 돌아온 나는 밤새 샘플을 분석하며, 그 결과를 노트에 일목요연하게 써내려갔다.

사람들은 왜 꽃무늬를 택할까? 꽃무늬는 누구나 좋아하는 것이다. 더구나 패션 감각이 아직 뒤처진 당시 한국에서 여성들은 기하학 무늬보다는 꽃무늬를 더 친숙하게 받아들이므로 상품을 만들기에 가장 적합할 것 같았다.

꽃무늬를 선택하는 기준에 대해 생각해보니, 유행, 천의 재질, 계절적 특성, 입는 사람의 키와 체형, 지방과 서울 등 조건에 따라 많이 달랐다. 가령 봄에는 오렌지와 분홍색이 섞인 화사하고 화려한 꽃무늬가, 여름에는 흰색과 푸른색이 섞인 시원한 꽃무늬가, 가을에는 고동색과 보라색 등이 들어간 고상한 꽃무늬가 선호된다는 것을 알았다. 살이 찐 사람에게는 진한 색을 입혀 부피감을 축소시키고, 마른 사람에게는 밝은 색을 입혀 좀 더 풍성한 느낌이 나도록 해야 한다는 것을 배웠으며, 서울의 젊은 아가씨들이 좋아하는 색상과 시골의 중년 여성이 좋아하는 색상이 확연히 다르다는 것도 알게 되었다. 또 어떤 이는 남들이 다 입는 그렇고 그런 무난한 옷감은 딱 질색이므로 앞선 취향을 가진 사람들을 겨냥한 첨단 제품도 기획해서 내야 할 터였다.

나는 시장과 공장을 발이 부르트도록 다니며 호기심을 갖고 제품들을 관찰했다. 한편으로는 공장마다 다니며 고른 예쁜 나염을 내 나름대로 디자인한 뒤 샘플로 한 무늬 당 두세 마씩을 찍어달라고 주문하곤 했다. 그렇게 해서 나만의 샘플이 나오면 밤새 혼자 연습을 하곤 했다. 남편이 출장가고 나 혼자 있는 날은 '나홀로 패션쇼'를 하는 날이었다. 음악을 틀어놓고 샘플 천을 어깨에 둘렀다 허리에 둘렀다, 키큰 여인의 모습으로 걸었다 키 작은 여인의 모습으로 걸었다 하며 디자인을 연구했다. 목욕을 한 지 몇 시간이 지났을까, 혼자 연습을 하다 보면 어느새 땀이 비오듯 했다.

그렇게 내 몸으로 감각을 익히며 하루하루 시장에서 바뀌는 스타일과 색상을 연구했고, 책과 잡지를 보며 이번 시즌의 유행 색상과 디자인을 연구했다. 그렇게 한 가지 확신을 얻은 다음 날에는 나염 공장에 가서 아는 척을 하곤 했다.

150

장사가 잘 되는 날은 너무나 기분이 좋고, 매출이 떨어진 날은 잠이 오지 않을 정도로 장사에만 몰두하던 나날들. 얼마 안 가 내가 만들어낸 상품으로 3년간 대히트를 칠 수 있었다. 직감에만 의존하지 않고 연구에 연구를 거듭해 이론적인 분석까지 곁들였으니 그럴 수밖에 없었을 것이다.

당시에는 잘 몰랐지만, 나중에는 내가 꽃무늬에 대해 분석했던 이 방법이 지식경영기법을 도입한 기업들에서 애용하는 AAR(After Action Review : 사후행동평가) 기법이라는 것을 알게 되었다.

세간에 지식경영에 대한 이론이 하도 유행하기에 여러 가지 책을 들춰보다가 알게 된 것인데, 그 책에서는 "세계에서 가장 놀라운 학습 조직은 미 육군이다"며 미 육군이 창안한 AAR 기법을 설명했다.

AAR은 다섯 가지의 간단한 질문으로 구성되어 있다. 얻고자 하는 것은 무엇인가? 얻은 것은 무엇인가? 그 둘의 차이는 무엇인가? 해야 할 일은 무엇인가? 하지 말아야 할 일은 무엇인가?

더 높은 가치 창조를 하기 위해서는 이런 질문을 통해서 목표를 뚜렷이 하고, 효율성과 생산성을 극대화해야 한다는 것이다. 매사에 이런 질문들을 던지고, 그 결과를 지식으로 공유하게 되면 그 조직은 급성장하게 된다.

남보다 더 잘하기 위해 머리를 쓰고 부단히 노력하다 보니 세계적인 경영학자가 정리한 방법론을 나도 모르게 응용하게 된 셈이었다.

내가 애써서 디자인해온 제품이 잘 팔리면 다른 가게에도 살짝 찍어줘 버리는 부도덕한 공장도 있어 도끼눈을 뜨고 다니면서 이런 일

나를 키운 건 가난이다...

을 목격하면 테이블을 치며 극성스럽게 싸우기도 많이 했지만, 내가 스스로 개발한 지식경영기법은 그 누구도 훔쳐가지 못했다. 외도 개발을 시작한 이후에도 꽃을 하나 심거나 디자인을 결정할 때마다 이 기법이 항상 적용되었다.

내 인생 최고의 동지이자 난적, 남편

내 인생에서 가장 큰 축복은 최고의 동업자 남편을 만난 것이다. 작은 일로 항상 다퉜고, 낭만이라곤 찾아볼 수 없는 목석같은 태도로 나를 많이 울리기도 했지만, 한평생 믿고 함께 일할 수 있는 동업자로는 완벽한 사람이었다.

학창 시절, 친척 오빠의 친구로 만난 그는 너무나 평범한 남자였다. 나의 이상형은 이지적이고 철학적인 남자였으니, 그런 그가 내 눈에 들어올 리 없었다. 하지만 내가 괜찮다고 생각한 남자들은 다들 다른 여자에게 프러포즈를 했다. 반면 이 평범한 남자는 내가 무슨 얘기를 하든지 잘 들어주고 맞장구를 잘 쳐주었다. 성격이 부드러운 것 같으면서도 생활력이 은근히 강했다. 큰 매력은 없었지만 만나면 그저 편하다는 생각이 들었다.

그러던 어느 해의 크리스마스 며칠 전, 우리 집에 크리스마스카드가 한 장 배달되어 왔다. 카드를 열자마자 눈에 확 들어오는 큼지막한

증명사진과 작은 스냅 사진. 바로 남편이었다. 어머니는 물론 나까지 놀랐다.

"이 남자 이렇게 선전포고를 하다니, 어쩌면 이렇게 저질이야?"

저돌적인 프러포즈를 한 후 이 남자가 편지 한 통을 보내왔다. 어쩐지 평소와는 달리 낭만적이다 했더니, 어떤 책에서 베껴 써낸 내용이었다. 유치하긴 했지만 그렇게 나에게 맞추려고 노력한다는 점이 기분 나쁘지는 않았다.

그는 매일같이 깨끗한 양복을 차려입고 우리 집으로 찾아왔다. 크리스마스카드로 선전포고를 한 뒤엔 마치 아들이라도 되는 것처럼 "어머니, 어머니" 하며 우리 어머니를 모시고 다녔다. 어머니는 믿음직한 아들이 생긴 것처럼 좋아하셨다.

딸 넷 중에서 셋째임에도 불구하고 늘 부모님을 모실 생각을 하고 있던 나는 언제나 변함없고 든든한 그가 점점 고맙다는 생각이 들었다. 이 남자와 살면 크게 고생하지 않고 편하게 살 수 있을 것 같다는 믿음도 생겼다.

결국 결혼하자고 먼저 말한 것은 나였다. 남편도 '저 여자와 결혼하면 굶어죽지는 않겠구나' 하고 생각했다고 한다. 시골에서 뛰쳐 올라와 그 어렵다는 교사 자리를 따낸 것은 물론 주경야독으로 대학까지 다니고, 다른 여자들과는 달리 내숭을 떨기는커녕 오막살이집에 살면서도 늘 당당한 여자, 자신의 약점에서부터 대학 강단에 꼭 서보겠다는 포부까지 하고 싶은 말은 있는 그대로 다 하는 여자가 그 당시 내 모습이었다고 한다.

저 사람과 결혼하면 굶어죽지는 않겠다는 믿음이 결혼의 가장 큰 매력으로 작용하던 시대, 그때 사진을 꺼내어 보면 사진 속의 우리 부부는 얼마나 안쓰러운 모습인지. 남편은 얼마나 말랐는지 르완다의 배고픈 아이처럼 피골이 상접한 청년이었고, 나 또한 대나무처럼 깡마른 아프리카의 불쌍한 난민 같았다.

그 가난한 시절, 남편은 만날 때마다 내게 사탕을 가져다주곤 했다. 지금 청년들 같으면 웃을 일이지만 당시에는 그 사탕 한 봉지가 엄청 귀한 것이었다. 자신은 먹지도 못하는 맛있는 그 사탕 한 봉지와 미군 부대에서 나온 비스킷 몇 개를 가지고 가난한 애인이었던 남편은 내게 사랑을 표현했다.

결혼하기 전에 남편은 제법 무드가 있고 친절하고 괜찮은 남자였다. 그러나 결혼한 후에는 남편에게서 정열과 낭만은 약에다 쓰려고 해도 찾을 수가 없었다. '낡은 고기에 떡밥 주는 것 봤느냐'는 배짱이 남편에게도 있었던 모양이다. 남편은 늘 "최호숙, 네가 잘난 척해도 부처님 손바닥의 손오공처럼 내 손 안에 있느니라" 하고 약을 올리곤 했다.

남편에게 끊임없이 '옛날 내가 연애하던 그 남자는 어디 갔느냐'고 투덜거리자 처음에는 '당신 비위를 누가 맞춰?' 하면서 내 투정을 묵살했다. 그래도 계속되는 투정에 지쳤는지 남편은 작전을 바꿨다. 전셋집에 살 때는 '집이나 사고 봅시다' 하고 나를 달랬다. 장사를 시작했을 때는 '그러지 말고 우리 기반이나 좀 잡고 나서 봅시다' 하고 나를 구슬렸고, 아이들이 어릴 때에는 '애들 좀 키워놓고 봅시다' 했다.

나를 키운 건 가난이다...   **155**

외도를 개발할 때는 '우리 오픈하고 봅시다', 오픈하고 나서는 '좀 질 서도 잡고 제자리도 잡고 봅시다' 라고 했다. 그렇게 평생을 '~하고 봅시다' 하는 말로 미루더니 이제는 '죽어서 봅시다' 로 끝을 맺고 말 았다.

풀뿌리만 좋아하더니, 벽창호같이 재미라곤 손톱만큼도 모르고 그 저 앞만 보고 살더니, 풀 한 뿌리도 가져가지 못하고 서운해서 어떻게 떠났는지……. 저녁이면 배 깔고 엎드려 꽃 이름을 외워야 한다면서 두꺼운 공책에다가 꽃 이름을 쓰다 말고 그대로 코를 골던 모습이 눈 에 선하다. 평생을 나에게 '~하고 봅시다' 라고 미루고 사기 친 사람 이지만 도무지 미워할 수 없는 성실한 남자였다.

세상에 어려운 일이라곤 없는 것처럼 씩씩하기만 하던 남편. '38따 라지' 라고 월남한 사람들을 비하하던 시대의 수모도 다 참으면서 남 편은 성공을 위해서 기관차같이 앞으로 전진하며 살았다. 죽음이라고 는 한 번도 생각해 본 적이 없는 사람처럼 말이다.

나는 남편이 떠나고 난 뒤 이렇게 후회할 줄도 모르고 몇 번이나 이 혼하자고 제의했었다. 이따금 신문지상에서 유명인사들이 성격차이로 이혼했다는 기사를 볼 때마다 고개를 끄덕이던 사람이 바로 나였다.

'그래, 성격차이가 제일 중요한 문제야.'

부부가 일심동체란 말은 거짓말이다. 취미가 다르고, 성격이 다르 고, 성장배경이 다른데 어찌 일심이 될 수 있고 동체가 될 수 있는가. 누구나 다 경험으로 알고 있겠지만 타고난 성격은 영원히 변하지 않 는다. 다만 서로가 말하지 않을 뿐이다.

내가 이혼하자고 할 때마다 남편은 놀라지도 않았고 화를 내지도 않았다. 그는 나를 다루는 법을 안다는 듯 늘 느긋하게 말했다.

"그래, 이혼해 줄게. 죽으면 이혼해 줄 테니까 기다려."

남편은 늘 그렇게 말했다. 성격이 좋은 사람이어서 철없는 마누라를 달래느라 그렇게 말한 줄로만 알았다. 그러나 그가 속절없이 먼저 세상을 떠나고 보니 그의 말이 맞았다. 죽음이란 모든 것을 덮어버리는 것이다. 자기모순과 죄와 허물을 다 용서하고 용서 받으면서 산 자의 패배로 끝나는 것이다.

남편의 산소에 갈 때마다 나는 말한다.

"여보, 미안해. 여보, 용서해."

그는 내가 무슨 이야기를 하건 무덤 속에서 조용히 듣고 있다. 나의 변명과 속죄, 눈물을 너그럽게 바라보면서.

마지막 파티

나에게는 젊은 시절부터 가슴 속에 품어온 별난 계획이 하나 있었다. 아들의 결혼식 때 멋진 드레스를 입겠다는 계획이었다. 그리고 나는 기어이 아들의 결혼식에 신랑 어머니가 입는 전통적인 한복이 아닌 드레스를 입고 나타났다. 남편도 내 성화에 못이겨 턱시도를 차려입고 손님들 앞에 섰다. 턱시도를 입은 남편은 굉장히 쑥스러워했다. 은회색 실크 드레스를 입고 손님 앞에 서고 보니 나 역시도 쑥스럽기는 마찬가지였다.

어쩌면 사치스럽기도 한 일이었지만, 우리는 그날 무척 즐거웠다. 사치도 지나치면 병이 되지만, 인생에 몇 번은 양념처럼 이런 호사를 누려보는 것도 나쁘지 않을 거라 생각했다. 나도 나지만, 평생 흙과 나무만 만져온 남편에게 이런 호사 한 번쯤은 누릴 자격이 있다고 생각했다. 그날 남편은 무척 행복해 했다. 몇 달 후면 영영 이별하게 될 줄도 모르고 말이다. 그것이 남편과 내가 누린 처음이자 마지막 파티였다. 이 즐거운 파티가 있었던 날로부터 7개월 후, 남편은 세상을 떠 났으니까.

살아생전 남편의 애창곡은 '꿈에 본 내 고향'과 '울고 넘는 박달재' 였다.

고향이 그리워도 못 가는 신세. 저 하늘 저 산 아래 아득한 천리. 언제나 외로 워라. 타향에서 우는 몸. 꿈에 본 내 고향을 차마 못 잊어.

항상 씩씩한 남편이었지만 이 노래를 부를 때면 무척 외롭고 쓸쓸 해보였다. 울음이라는 것은 아예 모르는 사람처럼 살아온 그가 평생 의 눈물을 다 쏟아내는 것처럼 우는 때가 있으니, 그건 바로 TV에서 방영되는 남북 이산가족 찾기 프로그램을 볼 때였다. 남북 이산가족 찾기'가 방영될 때면 남편은 텔레비전 앞에 붙어 앉아 울고 또 울곤 했다.

남편이 며칠 밤을 눈물로 지샐 정도로 울며 그리워한 사람은 바로 이북에 남겨두고 온 어머니였다. 남편은 늘 말했다. 그에게 남아 있는 어머니의 기억이란 밤늦도록 버선을 깁던 뒷모습뿐이라고. 10남매를 기르셨으니 기워야할 버선이 오죽 많았겠는가. 헤어진 지 너무 오래 다 보니 어머니 얼굴이 점점 가물가물해져 간다고 했고, 그래서 그는 어머니의 사진 한 장 가지고 오지 못한 것을 한스러워 했다.

평안남도 순천군 북창면 중흥리가 고향인 남편은 10남매 중 넷째였 다. 탱크를 앞세운 국군이 순천 벌판에 태극기 휘날리며 진격했을 때

다시 만나는 그날까지

*남편의 추모비에 새긴 시

그리워하는 우리를 여기에 남겨 두시고
그리움의 저편으로 가신 당신이지만
우리는 당신을 임이라 부르렵니다.
우리 모두가 가야할 길이지만
나와 함께 가자는 말씀도 없이 왜 그리 급히 떠나셨습니까.

임께서는 가파른 외도에 땀을 쏟아 거름이 되게 하시었고
애정을 심어 아름다운 꽃들이 피어지게 하시었으며
거칠은 숨결을 바람에 섞으시며 풀잎에도 꽃잎에도 기도하셨습니다.
더 하고픈 말씀은 침묵 속에 남겨두시고 주님의 품으로 가시었으니
임은 울지 않는데도 우리는 울고 있고
임은 아파하지 않는데도 우리는 아파하며
임의 뒷자리에 남아 있습니다.

임이시여, 이창호 씨여.
임께서 못 다하신 일들은 우리들이 할 것으로 믿으시고
주님의 품에 고이 잠드소서.
이제 모든 걱정을 뒤로 하신 임이시여.
임은 내 곁에 오실 수 없어도
내가 그대 곁으로 가는 일이 남아 있으니
나와 함께 쉬게 될 그날까지
다시 만날 그날까지
주 안에서 편히 쉬세요.

아내 최호숙 드림

18살 청년이었던 남편은 신나게 그들의 뒤를 따랐다. 얼마 후에는 퇴진하는 국군을 따라 청년대원으로 합류를 하며 고향을 떠났는데, 남편이 따라나선 군인들은 하필이면 대열을 잃고 낙오한 패잔병들이었다. 그러니 죽을 고비를 한두 번 겪었겠는가.

현실은 때로는 영화보다 더 영화 같다. 남편은 남으로 퇴진하던 길에서 피난민 대열을 만났고, 그곳에서 우연히 아버지와 막내 동생을 만났다고 한다. 그 이야기는 평생 귀에 못이 박히도록 들었지만 남편은 번번이 그 대목에서 감격스러워 했다. 영화 같은 이야기는 거기서 끝나지 않는다. 몇 년 후에 남편은 국군이 되어 있는 큰형을 찾았다. 그 이야기를 할 때도 남편은 언제나 목이 메었다.

"당신은 몰라. 우리 형제들이 북에서 남으로 오느라 얼마나 고생했는지. 남쪽에서만 산 사람들은 정말 모를 거야."

그 고생을 헤치며 천년만년 살 것처럼 당당하고 용감했던 남자. 어떤 것도 그의 앞을 가로막지 못할 것 같았는데, 어떤 굴욕도 참고 견디던 그가 갑자기 먼 길을 떠났다. 아무 유언도 없이.

통일이 되면 7형제 중 어느 누구라도 찾아올 수 있을 거라고 믿었던 그는 통일동산 근처에 묻혔다. 북쪽의 고향산천을 그리며 북한 땅이 건너보이는 임진강 부근에 영원히 누워 7형제와 어머니를 그리워하고 있을 것이다. 어머니 얼굴이 점점 희미해져 간다고, 형체는 있지만 이목구비는 뚜렷하게 그려지지 않는다고 안타까워하던 남편을 생각할 때마다 가슴이 미어진다.

그는 늘 자신에게는 고향이 두 개 있다고 말하곤 했다. 나고 자란 고향인 평안북도 순천, 그리고 35년간 땀과 열정을 바친 외도. 그가 땅 설고 물 설은 외도에 뿌리를 내리기 위해 바친 35년의 세월은 곧 그가 부른 망향의 노래와도 같았다. 고향이 그리울수록 그는 땅을 파고 흙을 일구며 슬픔의 눈물을 묻었다. 그 눈물을 먹고 외도에는 아름다운 꽃과 풀, 나무들이 눈부시게 피어났다.

그는 2000년 10월 '자랑스런 거제 시민상'을 받았다. 거제 시민의 날, 많은 시민들이 지켜보는 가운데 상패를 받으며 그는 거제 시민들이 인정해 준 것이라 무엇보다 소중하고 자랑스럽다고 했다. 그해 12월에는 신지식인상을 수상했다. 그 덕택에 청와대에 초대되고 도지사 초청도 받았다. 2003년 5월 30일, 바다의 날에는 대통령상을 받았지만 그때 이미 그가 세상을 떠난 지 2개월이 지난 후였다. 남편 대신 내가 그 자리에 섰다.

남편이 세상을 떠나기 전 겨울, 우리는 예수님상을 명상의 교회가 있는 절벽에 세웠다. 그 절벽과 교회에 가장 잘 어울리는 예수님상을 간절히 찾던 중 한 신앙인이 흙을 빚어 자기 마음속에 간직한 예수님을 표현해낸 소박한 작품을 발견한 것이었다. 바라보고 있으면 저절로 마음이 순해지고 자신의 모든 잘못을 회개하게 될 것 같은 예수님상.

예수님상을 절벽에 세운 그날, 남편은 내게 말했다.

"내가 죽거든 내 몸은 아버지 곁에 묻어줘. 그리고 내 마음은 여기 외도에 묻을 테니 가끔 이 작은 교회에 꽃 한 송이 꽂아놓고 찬송가를 불러줘."

그즈음 이미 한 번 아프고 나서인지 부쩍 '세상이 더 아름답다'고 말하던 그였다.

"어려움을 당할 때는 말이야, 찬송가가 최고야. 찬송가 열 가지만 부를 수 있다면 인생살이 겁날 게 없지."

"당신, 무슨 찬송이 제일 좋은데?"

"'어메이징 그레이스'가 제일 좋아."

"그럼 우리 지금 함께 부릅시다."

그날 우리는 1절을 다 부르지 못했다. 눈물 어린 눈으로 서로를 쳐다보는 것으로 그 찬송을 마쳐야 했다.

남편이 세상을 떠난 후 혼자 이 언덕에 오를 때 슬픈 마음으로 이 찬송가를 부를 때도 많지만, 더 많은 순간을 감사의 노래로 힘차게 부르려고 애썼다. 이 찬송가 속에는 어느 상황에서도 희망을 보게 하는 힘이 있기 때문이다.

남편을 먼저 보내고 난 후 나는 하늘을 쳐다보는 습관을 갖게 되었다. 그렇게 좋아하던 곳이니 하늘에서도 이 섬을 잊지 않고 지켜주겠지 하고 믿는다.

"이렇게 좋은 곳에 나 혼자 두고 가서 약 오르지? 흥! 당신은 더 좋은 곳에 있잖아요. 나 갈 때까지 조금만 기다려요."

음악을
틀어놓고
퇴근하세요

4

음악을 틀어놓고 퇴근하세요

인간에게 서로 다른 매력이 있는 것처럼 꽃도 각각의 매력이 있다. 수많은 악기들이 모여 아름다운 교향곡을 만들듯 꽃들도 다양한 색의 조화로, 향기의 조화로 오케스트라 연주에 버금가는 아름다움을 보여 준다. 이렇게 향기 가득한 정원에서 아름다운 꽃들과 더불어 일하며 하루하루를 즐길 수 있으니 너무나 행복하다.

나는 꽃을 상대하는 이 일은 세상에서 가장 아름다운 일이라는 자부심을 갖고 있다. 그래서 최대한 즐거운 노동이 되어야 한다고 생각하고, 직원들도 즐거운 마음으로 일하기를 바란다. 그러기 위해서는 나를 비롯한 윗사람부터 우선 밝고 긍정적인 모습을 보여 주어야 한다.

태풍 매미가 지나간 후의 일이었다. 복구 작업이 고되어서인지, 강수일 이사가 실망한 표정으로 한숨을 쉬는 것을 보았다.

"강 이사, 표정 관리 잘해요."

나는 다른 직원들 모르게 그에게 말했다. 그 역시 외도의 기둥이기에 그가 어두운 표정을 지으면 직원들의 표정도 어두워질 터였다. 표정이 어두우면 손에 힘이 안 나 일도 더 힘들어지고, 일이 힘들어지면 쉬운 일도 꼬이게 마련이다. 그래서 태풍 후에 직원들이 이렇게 망가져서 힘들고 속상하다는 듯 나를 바라볼 때면 나는 일부러 더 쾌활하게 농담을 한다.

"술이나 한 잔 하고 합시다! 다들 일복 터졌으니 천천히 해요. 어차피 할 일이니까 즐겁게 하자고요."

내가 즐겁게 얘기하면 직원들도 힘이 나서 웃통을 벗고 씩씩하게 일하기 마련이다. 내가 슬픈 얼굴을 한다고 해서 잃은 것을 되찾을 수는 없는 일이지만, 내가 즐거운 얼굴을 하면 모든 직원들이 즐겁게 일을 할 수 있으니 얼마나 좋은 일인가.

즐겁게 일을 하다 보면 직원들의 숨어있던 잠재력이 튀어나와 새로운 스타가 탄생하기도 한다. 평소에는 일을 못하는 것 같던 직원이 만능 재주꾼이 되어 폐허를 누구보다 먼저 재건한다거나 특별한 체력으로 쉬지 않고 쓰레기를 걷어내는 지구력을 보이는 경우도 있다. 그 더운 여름에 벼랑 끝으로 떨어진 것들을 끌어올리는 등 평소보다 몇 배나 힘든 일도 한 번 '할 수 있다'는 분위기에 휩싸이면 해낼 수가 있는 것이다.

외도의 많은 일들이 육체노동이기에 나는 또한 직원들에게 새참의 즐거움을 주려고 차가운 막걸리 몇 병, 소주 몇 병을 들고 현장으로 뛰어가곤 한다. 그럴 때마다 어린 시절 들판에서 일을 하던 아버지가 떠오른다. 작은 광주리에 아버지께 드릴 참을 담아 이고 들판을 찾아가면 땀에 흠뻑 젖은 베잠뱅이 차림으로 일을 하다가 허리를 펴고 일어서시던 아버지의 모습이 눈에 선하다. 막걸리 한 잔을 단숨에 맛나게 들이키던 우리 아버지. 딸만 넷을 두셨으니 혼자서 얼마나 힘든 농사를 지으셨을까? 내가 농장 일을 하지 않았다면 아버지를 이렇게 많이 추억할 수 있었을까?

가끔은 땀을 뻘뻘 흘리면서 열심히 일하는 직원들을 위해 깜짝 파티를 열기도 한다. 일 마치는 시간을 30분 앞당기고 퇴근선 시간을 30분 뒤로 미뤄 한 시간 동안 소박하고 정겨운 파티를 하는 것이다. 깨끗이 테이블 세팅을 하고, 꽃밭에 들어가 흐드러지게 핀 꽃을 솎아다 꽂고, 우리가 좋아하는 음악을 틀고 간단한 음식을 몇 가지 준비한다. 맥주, 튀김, 샐러드, 과일, 김밥, 샌드위치가 고작이지만, 이따금 내가 해외에 나갔다 오는 길에 사 모은 양주를 내놓을 때도 있다.

꽃이 가장 아름다울 땐 꽃밭에서, 분수를 만든 날에는 뿜어대는 분수 밑에서, 대나무 정원을 꾸민 날에는 대나무 그늘 밑에서, 교회로 들어가는 아치를 만들어놓은 날에는 에덴 가든에서 파티를 한다. 새로운 가든 하우스를 지어놓고 천국의 계단 밑에서 사진도 찍고, 의자에 둘러앉아 기도도 하며 함께 시간을 보낸다.

영국 속담에 '정원 없이 사는 것은 곧 가난을 의미한다'는 말이 있다. '일 년을 행복하게 살려면 정원을 가꾸고, 평생을 행복하게 살려면 나무를 심어야 한다'는 말도 있다. 이렇게 아름답고 풍요로운 정원에서 작은 파티를 하는 것이 얼마나 즐거운 일인가.

파티가 끝나고 방에 들어올 때마다 나는 스스로에게 말하곤 한다.

"아유, 잘했어, 잘하고말고! 식물원을 택한 것이 얼마나 잘한 일이야? 내가 만든 이 정원에서 나도 즐기고 남도 즐기니 얼마나 행복한 일이야!"

헬렌 켈러는 '아주 좋아하는 일은 그 사람의 일부가 된다'고 말했다. 섬에 대해, 꽃에 대해 많이 생각하니 섬과 꽃이 내 삶의 일부가 되지는 않았을까? 꽃을 심는 일은 행복한 일이다. 나도 행복하고 일하는 사람들도 행복하다. 그들의 노고에 나는 늘 깊이 감사한다. 내 머릿속에 들어있는 것만으로 이 커다란 정원을 꾸밀 수는 없으니까. 보기 아름다운 것 뒤에는 항상 그렇게 땀 흘리는 노고가 배어 있는 법이다.

직원들의 손놀림은 나날이 더 야물어진다. 꽃을 심을 때는 일이 고되지만 하나씩 완성되어가는 아름다운 꽃밭을 보면서 직원들도 신이 난다. 내 지시에 따라 꽃을 심고 또 심으며 종일토록 고생은 하지만 직원들의 눈빛에도 해냈다는 즐거움이 느껴진다.

"야, 박수다, 박수!"

일을 마치고 나면 모두들 박수를 치며 우리의 작품에 감탄한다. 마지막 뱃고동 소리가 울리면 직원들은 손도 씻지 않은 채 퇴근을 한다.

나는 늘 직원들에게 기분 좋게 일한 날은 음악을 틀어놓고 가라고 부탁하는데, 오늘은 퇴근하는 배 뒤로 음악이 울려 퍼지고 있다.

내가 모자를 쓰게 된 이유

어느 봄날, 비너스 가든에서 있었던 일이다. 나는 꽃을 심는 직원들 옆에서 지시도 내리면서 이리저리 꽃을 날라주고 있었다. 그러다가 지나가는 손님들이 이야기하는 것을 듣게 되었다.

"참 좋다! 이렇게 복 많은 집 부인은 어떻게 생겼을까?"

"그러게 말이다. 정말 어떤 사람인지 궁금하네."

멋진 선글라스를 쓰고 티셔츠에 폭이 좁은 청바지를 입은 여인들이었다.

"어떻게 생겼는지 좀 보여드릴까요?"

장난기가 발동한 내가 불쑥 대화에 끼어들자, 여인들은 금방 호기심 어린 눈으로 나를 보았다.

"네, 볼 수 있어요?"

"그럼요. 사람 사는데 볼 수 없는 게 뭐가 있겠습니까?"

나는 느긋하게 웃으며 말했다.

"제가 주인이라면 어떻게 하시겠어요?"

"아유, 농담하지 말고 진짜 주인집 부인 좀 소개해 주세요."

여인들은 내 말을 믿지 않으며 졸랐다. 그 순간 나는 당황했다. 내가 아무리 허름해 보인다 해도 '농담하지 말라'는 소리를 들을 정도였단 말인가. 옆에서 듣고 있던 이 목수 부인이 거들었다.

"어머, 진짜 우리 사모님인데 왜 안 믿으세요?"

여인들은 우리가 계속 농담한다고 믿는 표정이었다. 나는 순간적으로 당황했던 마음을 수습하고 이렇게 말했다.

"미안합니다. 제가 이 모양이라 안 믿으시는군요. 농장은 이렇게 열심히 일하지 않으면 지킬 수 없답니다. 그러니 제 모습이 영 맘에 안 들더라도 이해해 주세요. 좀 더 섬을 정리해 놓고 실망시키지 않는 멋진 주인이 되겠습니다."

여인들은 그제야 상황을 파악한 것 같았다.

"야, 정말 주인인가 봐."

멋쟁이 여인들은 실망과 무안함이 뒤섞인 표정으로 뒤돌아섰다. 그들의 뒷모습을 바라보던 이 목수 부인이 내게 말했다.

"아이고, 기가 막혀라. 사모님, 이젠 일하지 마세요. 이렇게 차림이 초라하니까 저 사람들이 주인이라고 해도 믿지 않잖아요."

나보다 더 속이 상한 그녀를 위로하며 내가 말했다.

"기가 막힐 게 뭐 있어? 그만큼 여기가 아름다우니 주인도 우아하고 아름다운 줄 알았겠지. 우리 섬이 좋다는 이야기니까 오히려 감사하지. 내 책임도 있어. 손님들에게 실망을 주지 않도록 노력도 해야 하는데 말이야."

"섬이 어디 하루아침에 되나요? 손에 흙 안 묻히고 이런 섬을 만들 수 있다고 생각하는 사람들이 이상한 거지."

그날 저녁 나는 곰곰 생각했다.

'주인도 하나의 관광 상품이니 내일은 깨끗이 차려입고 멋진 모습으로 일을 하자. 잠깐 외도를 보고 가는 사람들이 내 속사정을 어찌 알겠어.'

하지만 농장에서 일을 하는 사람이 멋진 옷이 무슨 소용이며 어울리기나 하겠는가. 어떻게 하면 일에 방해 되지 않으면서, 남 보기에도 멋진 차림을 할 수 있을까?

저녁 내내 골똘히 생각하다 떠올린 것이 바로 '모자'였다. 모자를 쓰면 일하느라 헝클어진 머리도 가리고, 뭔가 멋있는 사람처럼 보일 것 같았다. 그때부터 나는 멋진 모자를 보면 사두었다. 동시에 옷에도 좀 신경을 쓰기 시작했다. 아닌 게 아니라 그동안 초라한 모습으로 외도를 휘젓고 다녔던 것이 부끄럽게 느껴졌다. 선글라스 낀 그 화려한 여인들은 나를 당황하게 했지만 한편으로 내게 중요한 것을 한 수 가르쳐준 것이었다.

거친 바닷바람, 강한 햇빛을 하루 종일 받으며 빈틈없이 집을 가꾸는 충실한 주인이기도 해야 하지만, 그러면서도 외도를 찾는 방문객들을 맞이하는 멋진 여주인이기도 해야 했던 것이다.

나는 어울리는 모자를 몇 개 발견했다. 그 중에서 챙이 큰 모자를 쓰고 거울 앞에 서니 정말 새로웠다. 아주 새로운 내가 된 것 같았다.

햇빛도 가리고 멋있어 보이기도 할 겸 쓰기 시작한 모자. 멋진 모자를 쓴 날이면 일도 잘 되는 것 같다.

모자는 단순한 소품이 아니라 사람을 아주 특별하게 돋보이게 하는 멋진 패션이었다. 한 벌의 정장보다도, 한 벌의 드레스보다도 모자의 효과가 훨씬 더 뛰어났다.

모자의 색깔은 아주 다양해졌고, 시간과 장소에 따라 구분해서 쓸 정도로 모자에 대한 감각도 늘었다. 주름 가릴 때 쓰는 모자, 햇빛 가릴 때 쓰는 모자, 외출할 때 쓰는 모자, 저녁에 쓰는 모자가 다 달랐다. 모자는 아주 작은 소품이지만 내게 많은 변화를 가져다주었다.

그러던 어느 날, 앞마당 가득 손님들이 찾아 왔다. 그들은 내가 뭐라고 하지도 않았는데 나를 금방 알아봤다.

"이 집 주인 아니세요?"

"어떻게 아시지요?"

나는 한 손으로 모자를 어루만지며 슬쩍 물었다.

"아유, 주인이라는 걸 금방 알 수 있는데요?"

나는 손님의 대답에 흐뭇한 표정으로 인사를 했다. 이것이 다 모자 덕분이구나.

내가 주인이라는 걸 믿지 못했던 그 여인들에게 나는 이따금 고맙다는 생각이 든다. 그들이 나에게 자극을 주지 않았더라면 나는 그대로 작업복 차림으로 외도를 지켰을 것이다. 하긴 작업복 차림으로 지내는 것도 나쁘지는 않았지만, 그 여인들 덕분에 나는 외부 사람들에게 섬을 개방한 주인답게 나를 가꿀 책임이 있다는 것도 깨달았다. 그리고 무엇보다, 그들 덕분에 모자 쓰는 재미를 알게 되었다.

기분 나쁜 소리도 잘 소화하면 삶의 큰 힘이 된다.

사랑에 빠진 사람의 얼굴은
빛이 난다

나는 육지로 나갔다가 외도로 들어오면 꽃밭부터 한번 쭉 둘러본다. 아무리 피곤하고 힘들어도 꽃밭을 보면 금방 기운이 샘솟는다. 나를 발견한 직원들은 밝은 표정으로 인사를 하고, 예쁘게 잘 핀 꽃을 가리키며 자랑을 하기도 한다.

"부겐빌리아가 참 많이 피었어요."

꽃 박사로 불리는 김 이사가 말한다. 외도 안에서 살고 있는 그와는 아침저녁으로 식사를 같이 하며 이야기를 많이 하는데, 중심 화제는 늘 꽃이다. 저녁을 먹고 나면 아예 백과사전을 펼치고 김 이사의 얘기를 메모하면서 공부할 때도 많다. 정식으로 공부하지 않아 이론이 짧은 내가 한국 최고의 명문대에서 농업을 전공하고 평생 현장에서 일해 온 김 이사를 모시고 함께 일하게 되었으니 얼마나 다행인지 모른다.

"튤립은 끝이 백합꽃처럼 동그랗게 말린 것, 뾰족하게 갈라진 것, 꼬불꼬불하게 주름진 것 등 모양이 제각각이에요. 모두 다 인간이 개

음악을 틀어 놓고 퇴근하세요...   **175**

량한 원예종이죠."

해마다 봄이 오기 전에 각양각색의 튤립을 종류별로 몇 뿌리씩 심을 것인지 김 이사와 함께 의논해서 결정해왔지만, 튤립이 이렇게 재미있는 특징을 가진 식물인지는 몰랐다. 튤립은 다양한 종의 교배를 통해 원하는 특성을 살려내기가 가장 쉬운 식물이라, 시대마다 사람들이 원하는 모습으로 새롭게 태어났다고 한다.

그래서 17세기 네덜란드에서는 '튤립 열풍'이라는 사회적인 현상까지 있었다. 수염이 엉킨, 빨갛고 하얀 무늬의 튤립은 알뿌리 하나에 1만 길더Guilder에 팔리기도 했는데, 이는 당시 암스테르담에서 웅장한 수상 가옥 한 채를 살 만한 금액이었다고 한다. 오늘날의 터키인 콘스탄티노플에서는 1703년부터 1730년에 이르는 아흐멧 3세의 통치 기간 중에 거래된 튤립 알뿌리의 양이 금의 거래량과 맞먹었다. 아흐멧 3세는 튤립에 대한 열정이 각별하여 네덜란드에서 수백만 개의 알뿌리를 수입해 해마다 성대한 튤립 축제를 열었는데, 그 때문에 국고가 탕진되었고, 민중의 반란으로 인해 그의 통치가 막을 내렸다고 한다.

김 이사에게 과학과 인문학을 넘나드는 이야기를 듣다 보면 금방 밤이 깊어진다.

세상의 흐름에 맞춰 외도의 직원들도 점점 업그레이드되고 있다. 10년 전만 해도 순박한 시골 출신이 대부분이었는데, 요즘엔 대학까지 졸업한 직원들이 많다. 그 중에는 그냥 일반 직장을 다니듯 적당히 다니는 사람이 있고, 꽃이 너무 좋아 자기 일 하듯 열심히 하는 사람도 있다. 여기서 열심히 실무를 익힌 뒤 자신의 꿈을 펼치겠다는 포부를

외도의 봄 축제의 주인공은 단연 튤립이다. 튤립은 다양한 종의 교배를 통해
사람이 원하는 여러 가지 모양으로 새롭게 태어났다.

가진 사람도 물론 있다. 그렇게 꽃이 좋아서 일하는 사람, 자신의 꿈
이 있어 일하는 사람은 일도 금방 배우고, 윗사람의 사랑을 받아 더
빨리 성장할 수 있다.

　내가 주목하지 않았던 직원이 어느새 전문가로 성장해 있을 때 나
는 가장 뿌듯하다. 외도에서 일한 지 1년이 되어가는 20대 중반의 남
자 직원이 있다. 농업전문대를 졸업했음에도 농업에 대해 아는 것이
없어 은근히 걱정이 되던 친구였다. 처음에는 시설부 일을 시켰다가

그래도 전공을 했으니 6개월 전부터는 식물 관리부로 옮겨 일하게 했다. 가끔 그가 일하는 모습을 보면서도 별로 예의주시하지 않았는데, 얼마 전에 깜짝 놀라고 말았다.

최근에 새로 들여온 꽃에 대해 묻고 싶은 게 있었는데, 온실에 김 이사가 없길래 지나가듯 이 직원에게 물었더니 그가 전문용어를 써가면서 정확하게 설명을 해주는 것이 아닌가. 놀란 내가 왼쪽, 오른쪽에 있는 식물에 대해 다 물어보았더니 막힘이 없었다. 예전에는 보이지 않던 의지와 욕심이 생긴 것처럼 보였다.

"외도에 꽃 박사가 생겼네! 언제 그렇게 공부했어?"

"일하다 보니 자연히 알게 됐죠, 뭐."

나는 칭찬을 해주면서 이 친구가 이렇게 발전하게 된 동기가 무엇일까, 곰곰 생각해 보았다. 외도에서는 손님들이 하도 질문을 하니까 직원들에게 꽃 이름을 외우고 간단한 설명이 가능하도록 공부를 시키는데, 손님들이 귀 기울여 듣는 게 신나서였을까? 하루 종일 거의 말도 않고 식물을 보살피는 일만 하다가 식물과 사랑에 빠진 것일까?

우리나라는 식물과 조경에 관련된 시장이 아직 개척지가 많기 때문에, 자신만 노력하면 이 업계에서 큰 인물이 될 수 있다. 외도에서 착실히 일하던 직원들이 국내외 다른 식물원이나 농장으로 가서 좋은 대우를 받는 예를 많이 보았다.

그 중 가장 좋은 예가 현재 한택식물원에서 식물담당 이사로 일하고 있는 강정화이다. 강정화는 오늘날의 외도를 만든 일등공신 강수일 고문의 딸이다. 어릴 때부터 아빠를 졸졸 따라다니더니, 거제도에서 고등학교를 졸업한 뒤에는 아예 외도에 정식 직원으로 취직을 했다.

어느 날 천리포 수목원에서 나무를 많이 사왔는데, 한 나무에만 이름표가 빠져 있었던 일이 있었다고 한다. 그 식물의 이름을 찾기 위해 강정화는 식물도감을 처음부터 끝까지 다 펼쳐가며 비슷한 것을 찾았지만, 하필 그 식물은 식물도감에 나오지 않는 것이었다. 집념을 갖고 계속 연구하던 강정화는 얼마 후엔 어떤 식물을 봐도 식물도감 어디에 나오는 어떤 종류의 식물이라는 것을 알 정도가 되었다. 결국 그녀는 천리포 수목원까지 직접 찾아가 그 식물의 이름을 알아냈다.

외도에 사는 직원들은 보통 아침 7시에 식사를 하는데, 강정화는 새벽에 일어나 한 시간씩 풀을 뽑고 와서 아침을 먹었다. 아침부터 꽃밭을 한 번 둘러봐야 마음이 놓인다는 게 이유였다. 게다가 온실 안에서 일하는 게 너무 즐거워 빠져들다 보니 점심도 거르기가 일쑤였다.

그렇게 6년을 일하던 강정화는 언제부터인지 외국에 나가서 제대로 공부를 해야겠다고 느낀 것 같았다. 온실에서 혼자 중얼중얼, 영어를 공부하나보다 했더니 어느 날 불쑥 영국에서 제일 유명한 정원 학교로 유학을 간다고 했다.

정식으로 영어를 배운 적도 없고 대학을 나오지도 않은 어린 학생이었지만 온몸과 마음을 바쳐 6년간 현장에서 일했던 강정화. 당연히 그녀의 실력은 영국에서도 빛이 났다. 학자로 남으라고 담당교수가 그녀를 잡았지만, 강정화는 의외의 결심을 했다. 한국의 자생식물을 1년만 더 공부하고 와야겠다며 귀국을 한 것이다.

그 뒤 강정화는 자생 식물이 전문인 한택식물원으로 들어갔고, 지금까지 영국으로 돌아가지 않고 10년이 넘도록 한택식물원의 식물관리 총담당으로 일하고 있다. 공부를 하다 보니 한국의 자생식물에 반했고, 사라져가는 우리 식물에 대해 지금 연구하고 관리하지 않으면 안 된다는 사명감까지 느꼈기 때문이다.

새벽부터 밤까지, 휴일도 없이 일이 좋아서 일에 미쳐 있는 강정화. 그녀에게 배울 것이 너무 많기 때문에 나는 가끔 한택식물원을 방문한다. 얼마 전에는 한동안 찾아 헤매던 장수만리화가 한택식물원에서는 흔한 것을 보고 얻어올 수 있어 뛸 듯이 기뻤다. 하지만 그보다 더 귀한 것은 자신의 일과 사랑에 빠진 사람의 얼굴에서만 볼 수 있는 그 찬란한 빛이었다.

싸움은 건설의 기초다

"오늘 빵 기계가 온다더니, 왜 도착 안 하는 거야?"

남편은 아침부터 이곳저곳을 서성인다. 나는 이것저것 다 맘에 들지 않아 공연히 심술을 부렸다.

"어휴, 붕어빵이 뭐야? 외도 풍경 망치는 그 놈의 빵 기계 안 왔으면 좋겠다."

"아니, 스낵코너에 붕어빵이 어때서?"

"난 싫어. 붕어빵이 뭐야? 창피해 죽겠어!"

"당신 붕어빵 좋아하지 않아? 도대체 붕어빵이 왜 창피하다는 거야? 우리도 먹고 손님도 좋고, 좀 좋아? 쓸데없는 자존심 부리지 말고 내 말대로 하면 돼."

우리가 옥신각신하는 사이에 드디어 붕어빵 기계가 왔다.

"당신, 두고 봐. 틀림없이 잘 될 거야. 문을 열어 놓고 붕어빵을 살살 구우면 냄새 좋겠다, 맛있겠다, 싸겠다, 추운 겨울에 아마 불티날 걸?"

나는 작전을 바꿔 강 이사에게 귀띔을 했다. 절대 경치 좋은 곳에 자리 잡지 말고 언덕배기 후미진 곳에다 붕어빵 파는 자리를 마련하라고. 드디어 조금 외진 언덕배기에 한 평짜리쯤 되는 붕어빵 코너를 만들었다. 대충 지은 한 평짜리 초가집에 빵 반죽 반 대야를 개서 우선 그 일을 시작하게 했다. 나는 속으로 '저 붕어빵 가게, 빨리 망해라!' 하고 빌었다.

이럴 때 남편과 나의 차이가 드러난다. 서로 다른 대륙에서 서로 다른 계절을 보내는 사람들처럼 말이다. 책 제목처럼 그는 화성에서 온 남자, 나는 금성에서 온 여자였다. 이북 출신인 남편은 자신이 원하는 목표를 이루기 위해서라면 창피하게 여길 것이 아무 것도 없는 사람이었다. 하지만 나는 창피한 일은 절대로 못하는 사람이었다. 내가 창피하다는 말을 입에 올리면 남편은 아주 단호하게 말했다.

"뭐가 창피해? 체면 때문에 아무것도 못하는 게 창피하지."

"싫어, 창피해."

일생 동안 우리는 이런 말을 주고받았다. 창피한 걸 죽기보다 싫어하는 나는 붕어빵 코너 근처에도 가지 않았다. 하지만 남편은 하루에도 몇 번씩 가서 이것 챙기고 저것 챙기며 붕어빵도 사먹곤 했다.

그런데 어찌된 일일까? 붕어빵은 너무 잘 팔렸다. 없어서 못 팔 지경이 되어서 하루에도 몇 번씩 또 반죽을 해가야 한다며 직원들이 떠들어댔다. 고소하게 구워낸 붕어빵 냄새를 맡은 손님들은 줄을 서서 붕어빵을 사려고 기다렸다. 붕어빵 가게 얼른 망하라고 빌었던 내 심술은 그야말로 심술로 끝나고 말았다. 남편이 앞장서서 진행한 붕어빵 코너는 크게 돈 버는 일은 아니었지만 그렇게 성공했다.

장사가 그렇게 잘 되는데 나도 더 이상 심술을 부릴 수는 없었다. 결국 붕어빵 코너는 좁고 외진 구석을 벗어나 우리 스낵코너 안으로 당당히 들어오게 되었다. 우아한 음악이 흐르고 차 향기가 실내를 채우던 스낵코너는 붕어빵을 사려고 줄을 선 손님들로 북적거렸다. 늘 20명쯤의 손님들이 줄을 서서 기다리는 바람에 스낵코너는 마치 시골역 대합실처럼 되어버렸다.

천 원, 이천 원을 꺼내들고 기다리는 할아버지, 할머니, 꼬마들, 연인들. 예전에는 약수만 마시고 가던 할아버지들도 스낵코너로 몰려들었고, 연인들도 봉지 속에 든 붕어빵을 즐거운 듯 나눠먹으며 문을 나섰다. 스낵코너는 내가 바라던 우아함이 사라지고 대신 정감 있는 장소로 변해갔다. 남편이 바라던 것도 바로 이것이었다. 천 원에 세 개짜리 붕어빵을 만들어 판다고 해서 외도의 매출에 얼마나 지대한 공헌을 했겠는가? 남편은 손님들이 쌀쌀한 날씨에 따끈한 붕어빵을 사서 나눠 먹으며 서로 즐거워하고 추억을 만드는 모습을 보고 싶었던 것이다.

이 사건을 통해 나는 다시 한 번 내 생각이 항상 옳은 것은 아니라는 것을 배웠다. 때로는 나와 반대되는 의견을 통해 중요한 것을 배우고 깨닫는다. 남편과 나는 정원을 가꾸는 철학도 미학적인 취향도 아주 달랐다. 그래서 남편이 이 나무를 심어야 한다고 말하면 나는 이 자리에는 저 나무가 더 어울린다고 주장했다. 남편은 나무를 심어도 똑같은 품종을 줄을 맞춰 빽빽하게 심어댔다. 여백의 미를 중요시했던 나는 경제성을 우선으로 생각하는 남편의 처사가 못마땅해 남편이 애써 심은 나무를 뽑아내거나 자르곤 했다. 그러다보니 충돌하는 일도 적지 않았다.

외도를 걷다 보면 그와 싸웠던 생각부터 난다. 섬 전체가 전쟁터라 해도 과언이 아닐 만큼 우리는 외도의 구석구석을 함께 걸으며 싸우곤 했다. 하지만 미워서 싸운 것이 아니라 일을 하면서 서로의 생각이 달라서 싸웠다. '향토 예비군의 노래'에 나오는 '일하며 싸우고 싸우며 일하세'라는 가사처럼 그렇게 싸우면서도 일을 멈춰본 적은 한 번도 없었다.

요즘 나는 그때를 돌아보며 이렇게 생각해본다. 만약 남편 혼자서 정원을 꾸몄다면 저 아름다운 비너스 가든을 만들 수 있었을까? 하지만 또 나 혼자서 정원을 꾸몄다면 저렇게 생명력 넘치는 든든한 방풍림을 가질 수 있었을까? 외도는 결국 그의 생각과 나의 주장들이 서로 싸우고 부딪치는 가운데, 때로는 내가 그의 주장에 승복하고 때로는 그가 나의 생각에 양보하면서 오늘날처럼 만들어진 것이다. 한 사람만의 뜻대로 갔다면 결코 이런 외도는 만들어지지 않았을 것이다. 그러니 싸움은 건설의 기초다.

사람들의 의견이 서로 다른 건 너무 당연하다. 부부 사이, 친구 사이, 직장 동료나 선후배 사이, 어디에나 갈등과 이견은 존재한다. 심지어는 나 자신이 어제 내린 결정도 오늘 다시 돌아보면 이해가 안 될 때가 있는데, 남이야 오죽하겠는가. 하지만 나와 다른 의견을 가진 사람을 방해물이라고만 생각하면 발전이 없다. 내가 보지 못한 시각을 가진 사람, 내가 생각지 못한 관점을 제시하는 사람이라 생각하면 그는 나를 반성하게 하는 거울이 될 수 있다.

져야 할 때는 깨끗하게 지고 이겨야 할 때는 끝까지 싸워야 한다. 그래야 나도 크고 남도 배운다. 일 잘하는 사람은 싸움도 잘한다.

함께 하면 더 아름다운 꿈

외도가 점점 더 커지면서 우리 두 부부만으로는 벅찬 시점에 이르렀을 때, 그리고 믿었던 남편마저 갑자기 세상을 떠났을 때, 나는 고민에 빠졌다. 일흔이 가까워진 나도 언제까지나 이곳을 지키고 있을 수는 없을 텐데 어떡하나? 결론은 가족 경영이었다. 사실 남편과 내가 같이 해온 일이 기초적인 형태의 가족경영 아닌가.

앞에서도 밝혔듯이 남편은 처음에는 김 사장이라는 분과 함께 이 외도를 사들였다. 그러나 김 사장이 이 일에서 빠지면서 우리 부부 둘만 참여하는 구도로 바뀌었을 때, 처음에는 겁이 덜컥 났다. 섬 개발 초기, 힘들어도 서로 의지하며 일을 진행해가고 있었는데 김 사장이 다른 사업 때문에 외도 일을 할 수 없다고 하니 앞이 깜깜해졌다. 우리도 포기하고픈 맘이 굴뚝같았지만, 팔아도 살 사람이 없는 땅이었다. 그렇다고 그냥 갖고만 있기엔 아까운 땅.

얼마 후 우리 부부는 결론을 내렸다. 우리 두 사람에게 지워지는 책

음악을 틀어 놓고 퇴근하세요...   **185**

파노라마휴게실과 놀이조각공원 그림

임이 더 커지겠지만, 100배씩 더 노력하자고. 우리는 친구에게 돈을 빌려 김 사장 몫을 바로 갚아주었고, 위기 경영 체제로 돌입했다.

그런데 이게 웬일인가. 일이 척척 진행되어 나가는 것이었다. 김 사장과 같이 할 때는 서로 조심스레 의견을 교환하다 보니 시간도 걸렸고, 실제 일을 하는 면에서 서로에게 미루면서 일이 진도가 잘 나가지 않았는데, 하루 종일 얼굴을 맞대고 같이 사는 부부가 모든 일을 하다

보니 의견만 맞으면 일이 척척 진행되었다. 서로 체면 차릴 필요가 없는 사이라, 의견이 맞지 않으면 서로 싸워가면서라도 결론을 내릴 수가 있었다.

그렇게 남편과 30여 년을 신나게 싸우며 일하다 남편이 세상을 떠나자, 나는 믿을 수 있는 가족을 먼저 영입하기로 했다. 그동안 우리 내외가 실무를 같이 맡아서 하고, 여기 관련된 관리와 회계는 회계사인 시동생이 자기 살림처럼 알뜰하게 맡아서 너무나 잘 해주었던 터였다.

우리나라에서 가족경영은 재벌들의 불투명한 경영으로 비판을 받으면서 족벌경영, 세습경영 등으로 표현되기도 한다. 그러나 가족경영은 효율적인 조직운영으로 세계적으로도 인정받는 방법이다. 가족경영의 최대 장점은 서로를 가장 잘 아는 사람들, 서로 숨기고 자존심세울 것도 없는 사이이기 때문에 싸워가면서라도 일을 추진할 수 있다는 것이다. 사회에서 만난 어떤 사업 파트너와 이렇게 치열하게 함께 일할 수 있겠는가?

대만이나 중국에는 가족경영을 통해 발전한 기업이 많다. 월마트, 다우케미컬, 질레트, 하인츠, GM과 같은 세계적인 미국 대기업들도 100년간, 수대에 걸쳐 가족경영으로 입지를 탄탄히 굳힌 뒤에야 전문 경영자를 영입했다.

또 유럽은 어떤가. 패션이나 요리처럼 독창적인 분야일수록 가족경영에서 출발한 사례가 많다고 한다. 우리 부부가 그랬던 것처럼 다툴수록 시너지 효과가 커지고, 어떤 조직체도 가족이라는 공동운명체가 갖는 그 결속감을 따라올 수 없기 때문일 것이다.

서해안의 아산호와 삽교호 근처 산에는 지금도 돌을 캔 흔적들을 많이 볼 수 있다. 박정희 대통령 시절 아산호와 삽교호의 물막이 공사를 위해 인근의 돌산들을 봉우리째 날려 버린 경우가 많기 때문이다. 그때 마구잡이로 캐어난 돌산을 방치해 둔 산들은 그 파괴된 모습이 흉물스럽기까지 하다.

어느 날 우리 내외는 큰딸과 사위를 불러놓고 이렇게 말했다.

"이 잘려나간 허리를 잘 이용해서 농장 계획을 세워봐라. 척박하기 때문에 더 큰 가치를 창출하지 않을까?"

동대문시장에서 일하던 시절 한 상인이 우리에게 엄청난 금액을 빚지고 갚지 못해 억지로 떠맡긴 땅. 우리는 애물단지 같은 그 땅을 어떻게 해야 하나 항상 고민하다 큰딸 내외에게 나름대로 대단한 제안을 했다. '오지를 천국으로!' 가 우리 내외의 슬로건이었기 때문이다.

그러나 큰딸은 일언지하에 거절했다.

"엄마, 아빠. 싫어요! 두 분이 한 고생이 모자라서 우리들까지 고생하라고요? 엄마, 그런 소리 꿈에도 하지 마세요. 자신 없어요. 난 몸도 남보다 약한 거 엄마가 누구보다 잘 알면서."

그런데 큰사위는 '글쎄요' 하며 웃기만 했다. 가만히 들어보니 절대로 못 하겠다는 것은 아니었다.

"솔직히 저희는 힘도 없고 자신도 없습니다."

"옆에서 지켜보는 게 힘이 되는 거지. 우리가 땅은 거저 줄 테니까 힘내서 시작해 보자고."

우리의 말에 큰사위는 눈빛으로 반허락을 했다. 그렇게 시작한 것이 20년 세월이 지났다. 큰딸은 적지 않은 시간을 머뭇거렸다. 신이 난 사위가 작은 나무들을 사들고 부지런히 들락날락할 때 딸은 시큰둥한 표정으로 외면했다. 보다 못한 내가 어느 날 딸을 붙잡고 말했다.

"너는 도대체 미술 공부는 왜 했니? 이렇게 좋은 작업현장을 앞에 두고 핏속에서 뭐가 꿈틀거리지 않니?"

딸은 냉정했다. 배부르게 자란 세대라서 그런가? 나는 없어서 못했던 일을, 딸은 좋은 조건과 후원자를 눈앞에 두고도 도무지 하고 싶어 하지 않았다.

"난 아무리 생각해도 엄마 같은 사람이 아니야. 아이디어도 없고."

"미대를 나왔는데 뭐가 걱정이니? 그려봐! 그냥 그려보니까! 사진을 찍어놓고, 길도 그리고, 꽃과 나무도 그리고 집도 그려봐. 안 되면 도서관이나 책방에서 찾아봐."

제대로 된 공부는 해본 적도 없고 아무 훈련도 받지 못한 엄마도 해냈는데! 오로지 혼자 좋아서 이것저것 찾아보며 눈에 익힌 것들로 디자인을 만들었던 것이 나의 한평생이었다. 나는 자기 생각을 그림으로 표현해낼 수 있는 사람이 세상에서 제일 부러웠다. 하지만 딸은 미술을 전공했으니 나보다 훨씬 잘 해낼 것이라는 믿음이 있었다.

그렇게 3년이 흘렀다. 3년이라는 긴 세월 동안 큰딸은 외면하기만 했던 것은 아니었나 보다. 3년이 지나니까 스스로 그리기 시작했던 것이다.

"이것이 디자인이지 디자인이 별 거냐?"

나는 3년 만에 마음을 잡은 딸이 대견해서 마구 비행기를 태웠다. 비행기를 좀 과하게 탔는지 딸은 이제 저 혼자 앞질러 간다. 이래라, 저래라 잔소리도 하고 싶지만 제 맘대로 슥슥 그려놓고 거기 맞추라니, 이젠 내 말이 먹혀 들어가지도 않는다. 고생고생해서 키워놓으면 모두 저 잘나서 큰 줄 안다는 어른들의 말이 딱 맞다.

지금 이 순간에도 딸과 사위는 씩씩하게 땀 흘려 일하고 있다. 일에 재미를 붙인데다가 사업계획까지 세워, 올해 7월 말쯤 문을 열겠다고 한다. '피나클랜드'. 큰딸과 큰사위가 지어놓은 새로운 농장의 이름이다.

어느 날 시간을 내서 아산 농장에 갔을 때였다. 딸 내외가 열심히 일하는 것을 보니 마음이 괜히 아팠다. 나는 큰사위를 위로했다.

"여보게, 이 농장은 평생직장 아니겠나. 힘들겠지만 잘 해보게나. 사오정도 명퇴도 없는 좋은 직장이잖아. 사람들 수명은 길어지는데 자네는 노년 준비 확실히 하네그려. 게다가 자네는 일본어 잘하겠다, 영어 잘하겠다, 중국어 잘하겠다, 무역업까지 해본 인재니 국제화에 앞장 선 농장을 만들 수 있을 거야. 숨만 쉬면 공해가 슬슬 들어오는 서울보다 맑은 공기에 멋진 경치에, 땀 흘리는 보람이 열 배는 좋지 않나?"

이렇게 해서 우리 아이들은 지금 모두 들판으로 나가 일하고 있다. 아이들이 어릴 때는 고생만 하는 부모를 보고 절대로 이런 일은 하지 않겠다고 손을 휘젓더니, 판검사 집안에 판사가 나고, 의사 집안에 의사가 나고 사업가 집안에 사업가가 난다는 말처럼 농장에 평생을 걸었던 부모를 알게 모르게 닮았나 보다.

아이들에게 어린 시절부터 고생만 시키고, 더 편안하고 더 부유한 것을 주지는 못했지만 땀 흘린 만큼 보람이 있고 내가 행복한 만큼 다른 사람들도 더불어 행복할 수 있는 정직한 일을 알게 해주었다는 자부심으로 미안한 마음을 달랜다.

어릴 때는 우리 일에 시큰둥하던 아이들이 이제 부모의 마음을 이해해주는 것 같아 고맙다. 2년 전에는 미국에서 피아노를 전공하고 막 귀국하려는 둘째 딸이 편지를 보내왔다. 이 편지를 받고 지난 세월을 다 이해받는 듯한 기분에 한동안 가슴이 울컥했다.

엄마, 제가 귀국한다는 결심을 한 후 가장 나를 설레게 하는 것이 뭔지 아세요? 엄마하고 있으면 제 인생에도 큰 변화가 있을 것 같다는 희망이에요. 스스로를 별 볼 일 없다고 생각하는 사람도 엄마를 만나면 자기의 가치를 느끼게 되지요. 엄마에게는 그런 힘이 있어요.

엄마 아빠는 꿈을 가지고 아름다운 세상에 천국을 만드셨어요. 하나님께서 만드신 세상의 아름다운 자연을 최대한으로 돋보이게 만드셔서 세상사에 찌들고 메마른 사람들에게 마음의 평화를 줄 수 있는 안식처를 만드신 것이지요. 이렇게 아름다운 천국을 만드신 부모님이 나의 부모님이라는 것이 가슴 벅차고, 저도 그런 아름다운 삶을 살아가고 싶은 욕망이 생기네요.

편지를 받고 얼마 지나지 않아 이번에는 아들이 나를 감동시켰다. 태풍 '매미'가 지나간 후 외도의 직원들이 모두 팔을 걷어붙이고 야단

법석으로 일을 하던 때였다. 남편이 세상을 떠난 후 나는 한동안 도무지 일의 갈피를 잡을 수도, 마음의 허허로움을 떼어낼 수도 없었다. 마음속에 초조함과 불안감만 가득해서 대책 없이 멍하니 해금강만 바라보고 있던 어느 오후였다.

"엄마, 여기 계셨어요?"

그때 아들 상윤이가 아버지의 베이지색 모자를 쓰고 나타났다. 나는 남편이 살아 돌아온 줄 알고 소스라쳐 넘어질 뻔했다. 그때까지 상윤이가 아버지와 똑같다는 생각을 해본 적이 없었는데 그 날 상윤이는 정말 남편과 똑같은 모습으로 나타났다.

'그래, 그렇구나. 그는 그냥 떠난 것이 아니라 자기 분신을 남기고 떠났구나. 모든 것이 다 끝났다고 내가 잘못 생각했었구나. 그의 삶이 내 속에 남아 있고 내 아들에게 이어지고 있었는데 나는 떠나버린 그의 육신만 생각하며 그가 어디에도 없다고 생각했구나.'

나는 그가 썼던 모자를 몇 번이고 쓰다듬었다.

"애, 난 깜짝 놀랐어. 아버지가 살아온 줄 알고."

"그래요? 그럼 다행이네요. 아버지를 대신할 수 있는 아들이 되었다면요."

남편이 세상을 떠나던 무렵, 나는 삶이 무엇인지를 며칠 동안 더할 수 없이 생생하게 실감했다. 병원에 있던 그가 하나님의 부름을 받기 전날, 며느리가 산기가 느껴진다며 같은 병원에 입원을 했다. 하나의 삶은 떠나고 또 새로운 삶이 오는 순간이었다. 그가 떠나면서 손자를 선물로 주고 갔구나, 나는 그렇게 스스로를 위로했다.

손자를 볼 때마다 나는 '하나님 말씀에 영원히 죽지 않는다는 말씀이 바로 이것이구나' 하고 실감한다. 한국인은 죽어서도 3대를 산다는 말도 있다. 자식을 통해, 손주를 통해서 말이다.

방글방글 웃으며 걸음마를 배우는 이 아이가 장차 커서 무엇을 하게 될지 궁금하다. 경영자가 되고픈 꿈, 부자가 되고픈 꿈, 예술가가 되고픈 꿈 등 많은 꿈을 품겠지만 그 꿈을 외도를 통해 이루지 않을까 하는 생각도 든다. 그 아이의 꿈이 내 꿈과 다르고 내 자식의 꿈과는 달라도 어쨌든 외도가 잘 유지되고 훌륭한 기업이 될 수 있다면 우리의 꿈이 3대에 걸쳐 더 크게, 더 발전적인 방향으로 이루어지지 않을까 생각한다.

외도가
나에게
가르쳐준 것

5

개미는 어디로 가는가

아킬다, 스파르티움, 아프리카 나팔꽃, 알라만다, 발렌타인 자스민, 시
피셔스, 푸룸바고 등 갖가지 꽃들이 정원에 흐드러지게 핀 날.

"사장님. 꽃이 정말 예쁘게 피었어요."

꽃밭을 기분 좋게 지나가는데 우리 직원 한 사람이 인사를 했다. 그
때 손님 중 복스러운 인상을 가진 한 여인이 대화에 불쑥 끼어들었다.

"아유, 외도의 사장님이시군요. 말씀 좀 물어봐도 될까요?"

"그러세요."

교양 있어 보이는 그 여인은 잠시 망설이는 것 같더니 마침내 이렇
게 물었다.

"이 섬 얼마 주고 사셨어요?"

나는 내 귀를 의심했다. 그 여인이 꽃 이름을 물어볼 줄 알고 흔쾌
히 '무엇이든 물어보세요' 하는 태도로 만면에 웃음을 띠었는데.

"글쎄요, 저도 30년이 넘은 일이라 잘 기억이 나질 않네요."

꽃밭 한가운데서 돈 이야기를 화제로 올리고 싶지 않아 나는 대답을 회피했다. 섬을 사고 싶어서 땅값을 물었을까? 아니면 내가 부동산 투기로 한몫 챙겨 이 섬에서 편하게 놀고 있는 복부인처럼 보여서 그러는 것일까? 그 여인이 저만치 멀어진 뒤에도 기분이 씁쓸했다.

내가 만약 복부인이 되고 싶었다면 서울에서 이 먼 거제도까지 내려와 손발이 닳도록 일해 가며 농장을 개발했겠는가? 소유를 위해서, 재산을 불리기 위해서였다면 그때 외도 살 돈으로 강남 땅을 몇 천 평 사서 멋진 빌딩을 올려 임대료를 받으며 편하게 살았을 것이다. 그런 투기 대열에 끼지 않고 외도를 내 꿈의 정원으로 가꾼 것을 최고의 선택이라고 믿는 내게 그런 질문을 하다니. 꽃을 감상하는 일보다 땅값이 더 궁금했던 그 여인이 왠지 안쓰럽게 느껴지기도 했다.

외도에서 꽃을 심거나 정원 공사를 하다가 개미들의 행렬을 볼 때가 있다. 개미들이 줄을 지어 이사를 가는데, 어떤 개미는 자기 줄을 이탈해서 이리저리 바삐 돌아다니기도 한다. 하지만 그 개미도 별다르게 무얼 얻는 것은 아니다. 이리저리 방황하다가 결국은 다른 개미들이 들어가는 개미굴로 똑같이 들어간다.

'그렇게 빨리 달려 어디로 가시렵니까?'

교통사고를 줄이기 위해 붙여진 광고판의 글귀도 나에게는 인생의 의미를 묻는 화두로 보인다. 우리는 도대체 이렇게 미친 듯이 달려가서 무엇을 이루려고 하는 것인가. 바쁜 척 잘난 척 하며 사는 인생도 결국 종착역은 같지 않겠는가. 무슨 별다르고 호화로운 삶을 살았다 해도 결국 사람의 인생은 세 단어로 정리된다는 말이 있다. '태어나

정원 일은 내게 욕심을 잊고 행복감으로 충만하게 하는 최고의 명상법이다.

서, 살고, 죽었다.'

재벌이라고 하루 열두 끼를 먹는 것은 아니다. 복부인이 수많은 부동산을 갖고 있다고 한들 자기 마음대로 인생을 더 오래 살 수 있겠는가? 부동산이 늘어나는 것만큼 행복이 늘어나겠는가?

누구나 욕심을 가지고 있다. 욕심은 어찌 보면 인간의 본능이다. 명예 욕심, 재산 욕심, 자식 욕심, 일 욕심, 오래 살고 싶은 욕심……. 나 또한 욕심들에서 자유롭지 않다. 그래서 내게 정원 가꾸는 일은 더욱 소중하다. 정원을 가꾸다 보면 그런 욕심을 잊고, 나를 잊고 풀 한 포기 나무 한 그루의 존재에 완전히 빠져들 수 있기 때문이다. 그래서 정원 일은 내게 있어 모든 욕심을 잊고 행복감으로 충만하게 하는 최고의 명상법이다.

아흔 살이 넘어서도 왕성하게 활동하는 미국의 대표적인 동화 작가 타샤 튜더Tasha Tudor는 정원의 소중함에 대해서 이렇게 말했다.

"살벌한 세상을 살면서 나는 정원 속에서 기쁨을 찾습니다. 정원에 씨를 뿌리는 사람은 행복하다고 생각해요. 앞으로도 나는 정원을 정성껏 가꾸면서 후회 없는 인생을 보내고 싶어요. 행복은 물질로 가득 채워지는 것이 아니라 마음이 가득해지는 것입니다. 정원에 앉아 꽃과 나무를 바라보다 보면 나는 내가 가진 모든 것에 만족하게 됩니다."

나는 그녀의 생각에 완전히 동의한다. 정원에서 일할 때마다 가득해지는 마음. 나는 금세 행복해지고 모든 것에 만족하게 된다.

마음 하나로 감옥도 천국도 되는 섬

"섬에서 계속 지내다 보면 답답하지 않아요? 우리야 하루 이틀 와서 즐기고 가니 아름답고 좋지만, 여기서 매일 사는 사람은 지겨울 것 같아요."

가끔 섬에 놀러오는 친구나 손님들이 이런 질문을 할 때가 있다. 한마디로 섬에만 있으면 고독하고 답답하지 않느냐는 소리다. 사람에게 가하는 가장 큰 형벌 중의 하나는 격리라는 말이 있다. 사극을 보면 예전에는 큰 죄를 지은 사람은 섬으로 귀양을 보냈고, 감옥에서도 독방을 쓰게 하는 게 가장 무거운 벌이라고 한다.

그래서 많은 섬사람들이 육지에서 사는 것을 바랐고, 섬 처녀들도 육지 남자를 만나 섬을 벗어나는 것을 소원했나 보다. 내 남편이 처음 외도와 인연을 맺게 된 것도 육지에서 사는 게 평생소원이라며 제발 땅을 사달라고 매달리던 외도의 어느 원주민 때문이었던 것을 생각하면 섬에서 사는 게 만만하지 않은 일이라는 생각은 든다.

나는 외도의 삶이 답답하다는 생각은 많이 안 해봤다. 그동안 내가 살아온 외도의 삶은 다른 섬사람들의 삶과는 조금 달랐다. 무엇보다 꽃과 나무를 심고 개척하는 일에 온 에너지를 쏟느라 그럴 틈이 없었고 개원을 한 후로는 외도를 찾는 많은 사람들을 맞이하고 상대하느라 늘 바빴다.

그렇게 바쁘게 살아온 내게도 외도가 비로소 섬으로 느껴지는 순간이 있다. 바로 날씨 때문에 외도가 외부와 고립되는 순간이다.

우리 회사의 가장 큰 특징은 쉬는 날이다. 휴일일수록 손님이 더 많이 오기 때문에 다른 회사들처럼 일반 공휴일에 쉴 수가 없다. 반면 바람 때문에 배가 들어오지 못하는 날은 직원들도 아예 출근을 못하기 때문에 자연스레 휴일이 된다. 그러므로 외도 직원들이 쉬는 날은 파도치고 바람 부는 날이다. 흐리고 비가 와도 바람만 불지 않으면 배는 뜬다. 하지만 날이 아무리 맑고 쾌청해도 파도가 치면 배는 뜨지 못한다. 오랫동안 바람이 거세게 불고 일기가 좋지 못한 날이 이어지면 직원들은 때 아닌 장기 휴가를 갖게 된다.

찾아오는 손님도 없고 직원들도 들어오지 못할 때 나는 외도가 섬임을 실감한다. 꼼짝없이 섬에 틀어박혀 텅 빈 정원을 서성이거나 바다를 바라본다. 야속한 건 꼭 이런 순간에 섬에서 먹을 수 없는 음식, 예컨대 햄버거다운 햄버거, 치즈가 쭉쭉 늘어지는 피자 등이 먹고 싶어진다는 것이다. 평소에는 갖다 줘도 쳐다보지도 않던 음식, 기회가 있어도 가지 않던 장소 등이 줄줄이 생각나고, 꼼짝도 못하는 내 신세가 처량해지기도 한다.

　그러나 어쩌겠는가. 나는 이곳의 주인인 것을. 주인이 섬을 받아들이지 못하면 어찌 제대로 된 주인 노릇을 하겠는가. 당장 섬에서 나갈 수 없다면 지금 이 순간을 받아들이는 것이 최선의 방법이라는 생각이 들었다.

　생각의 전환이란 이럴 때 필요한 거다. 그래서 나는 고립된 섬을 받아들이고 즐기기로 마음을 고쳐먹었다. 즉 아무에게도 방해받지 않고 내가 외도를 온전히 차지하는 순간, 외도의 아름다움을 독대하는 순간으로 바꾼 것이다. 그렇게 생각하자 섬에 혼자 있는 것이 답답하게 생각되지 않았다. 아무도 찾아오지 않는 섬에서 나는 그동안 시간이

나면 읽으려고 쌓아두었던 잡지와 책을 읽고, 혼자 외도를 유유자적한다.

날씨 때문에 외도에 갇혀야 하는 순간은 1년에 90일 정도 된다. 그 중에는 태풍을 눈앞에 둔 경우도 있다. 아이러니한 것은 외도가 가장 아름다운 순간은 바로 태풍전야다. 곧 큰일을 낼 것처럼 밑에서 부글거리던 바다는 믿을 수 없이 고요해지고, 투명함과 어두움을 함께 품고 있는 회색 하늘은 외도의 모든 꽃과 나무에게 비현실적인 아름다움을 선사한다. 내일이면 다시 못 볼지도 모를 꽃과 나무들. 촛불이 가장 환하게 타오르는 순간은 불꽃이 꺼지기 직전이라 했던가. 두려움과 안타까움이 혼재된 감정으로 정원을 돌아보면서 나는 비로소 절정의 아름다움을 목격한다. 이 또한 내가 지켜봐야 할 순간이라면 그래야 한다고 생각하면서, 나는 사진을 찍듯 외도의 구석구석을 눈 속에 담는다.

나를 섬에 갇혀있게 만드는 파도. 생각을 뒤집으면 내가 아무 방해도 받지 않고 혼자 있을 수 있게 해주는 보디가드다. 그 순간 나는 혼자 마음껏 외도를 누린다.

마음 하나로 답답한 감옥이 자유로운 천국이 되는 순간이다.

외도가 나에게 가르쳐 준 것...   **205**

섬은 섬일 때 아름답다

"아유, 이제와 와보네. 내가 외도에 오려고 세 번이나 장승포까지 왔다가 파도 때문에 배가 안 떠서 못 왔어요. 이게 네 번째에 들어온 거야."

한 손님이 나를 보자마자 건넨 말이었다.

"아유, 그러세요. 영광입니다. 모처럼 오셨으니 즐겁게 보세요."

"근데, 여기 다리 하나 놓으면 안 돼요? 서울서 힘들게 내려왔는데 지척에 놓고도 가지 못하니 속이 상하더라고."

나는 그저 웃을 뿐이다. 이 작은 섬에 어떻게 다리를 걸치겠는가. 그 분도 모르지 않을 것이다. 다만 그간의 헛걸음에 대한 안타까움의 표현이었을 뿐.

한국에는 섬이 많다. 3천 400여 개의 섬을 가진 우리나라는 7천 개가 넘는 섬을 가진 필리핀과 인도네시아에 이어 세계 3위의 섬 보유국이다. 그중 2천 500여 개가 남해안에 몰려있다.

이따금 비행기를 타고 제주도나 진주를 지날 때 내려다보는 남해는 정말 매혹적이다. 점점이 떠있는 무수한 섬들, 섬 사이로 오고가는 배의 흔적들, 수없이 많은 양식장들이 진주를 뿌려놓은 듯 반짝이는 모습, 정겨운 포구들.

나는 3천 400개에 달하는 이 섬들이 우리나라가 보유한 세계적인 관광자원이라고 자부한다. 최근 지방자치단체에서도 섬을 관광지로 개발하기 위해 많은 노력을 쏟는다. 그런데 쉬운 근접성으로 더 많은 관광객을 유치하기 위해 섬과 육지 사이를 다리로 연결하는 경우를 많이 본다.

하지만 나는 섬은 섬으로 남아있을 때 가치가 있다고 생각한다. 섬은 잡힐 듯 잡히지 않는 안타까움이 있어야 한다. 힘들게 통통배를 타고 찾아가야 비로소 닿는 섬, 그런 섬을 찾아갔을 때 우리는 성취감을 느낀다. 언제든 찾아갈 수 있고 단절감도 없다면 그건 육지의 연장일 뿐 섬이 아니다. 섬으로서의 매력이 사라진다.

섬을 섬답지 않게 개발하느니 차라리 포구와 어촌마을들을 좀 더 정리하고 개발해서 포구문화를 활성화시키는 방향으로 나가야 하지 않을까? 일찍부터 우리 부부는 섬을 오가면서 이런 생각을 했다. 그래서 우리는 해외에 나갈 때에도 여러 관련 서적을 수집하고 열심히 보면서 포구문화에 대해 여러 가지 계획을 세웠다. 그리고 행정기관의 도움을 받기 위해 도청을 찾아가 도지사와 담당 국장도 만났다. 시청을 방문해서 시장도 만나고, 관광과 연관된 부서도 몇 번이나 드나들면서 포구문화를 정착시키기 위한 우리의 작은 계획을 국가에서 도와

주기를 바랐다.

우리는 꿈에 부풀어서 저녁마다 계획도와 문서를 만들고, 도청에 나가 브리핑도 하며 수없이 왔다 갔다 했다. 관공서에서는 처음에는 귀를 기울여주었지만, 도지사가 바뀌고 시장이 바뀌면서 도무지 추진되는 것이 없었다. 설명을 마쳐서 서로 이해가 될 만하면 담당자들이 바뀌는 바람에 도무지 지속적인 계획을 세울 수가 없었다.

21세기에는 관광대국이 되어야 한다며 많은 정책을 만들고 예산을 배정하지만, 많은 것이 전시성 행사인 것 같아 안타깝기 그지없다. 전에 어느 포구 마을을 지나다가 전에 보이지 않던 높은 도시형 가로등을 보았다. 며칠 만에 뚝딱 세운 것처럼 주위 경관과 어울리지 않고 유난히 눈에 거슬렸는데, 엄청난 예산을 들여 설치한 고급 가로등이란 이야기를 들었다.

최근 지자체들이 관광 사업에 관심을 갖기 시작하면서 야심찬 프로젝트를 많이 진행한다. 그러나 기획만 거창하게 해서 그림 몇 장 붙여놓고 수십억 원을 쏟아 부은 채 썰렁하게 서 있는 곳이 많다. 우리들의 삶과 전혀 가깝지 않은 문화 컨텐츠들이다. 초현대적인 큰 건물을 올린 뒤 성대한 오픈식을 가진 다음 관리는 제대로 하지 않는 것 같다. 그래서 오픈한 지 몇 년이 지나도록 변변한 이벤트 하나 없고 점점 휑뎅그렁해지는 공간이 대부분이다.

장기적인 계획 없이 초스피드로 만들어낸 관광자원들은 시장이나 군수가 바뀌고 나면 골칫거리가 되어버리고 만다. 주인의식 부재, 열정 부재, 지속적인 관리 부재가 만들어낸 결과다. 이런 실속 없는 문

화행사장을 만드는 데 언제까지 우리 세금을 내야 하는가?

나는 그런 공간일수록 작아도 단단한 기획을 갖고 시작해야 한다고 본다. 문화 공간은 성대한 오픈보다는 사후 관리, 지속적인 개발이 가능한 소프트웨어가 더 중요한 것이다.

어느 날 개발 붐이 일면 무질서하게 달려들어 도로도 골목도 정비하지 않은 채 건물을 세워 도시도 시골도 아닌 엉성한 어촌동네로 만들어놓은 것을 보면 한숨이 절로 나온다. 이 아름다운 자연 속에 집과 건물들을 서로 어울리게 계획성 있게 지었다면 얼마나 아름다웠을까? 포구마다 횟집 간판만 어지럽게 걸려있는 것을 보는 일은 너무나

외도가 나에게 가르쳐준 것...

안타까운 일이었다.

골목을 정리하고, 가로등을 아담하게 설치하고, 무질서한 간판들도 정리해서 소박하고 정감 있는 마을로 만드는 일이 그렇게 힘든 일일까? 더 나아가 보통 사람들이 살 수 있는 예쁜 집들이 모인 마을, 독특한 볼거리가 하나씩 있는 작은 마을들을 만들면 얼마나 좋을까? 어촌에도 관광 수입이 생기니 좋지 않겠는가. 정부는 기념관이나 박물관, 특별한 농장 등 확실한 주제를 잡아서 주민들이 스스로 개발해나가게 도와주고, 가로등 설치나 골목 정리 같은 공공 부문의 사업만 하면 될 것이다.

미국을 여행하다 보면 인물 기념관을 많이 보는데, 누구의 기념관은 반드시 그가 살았던 집이어야 한다는 고정관념을 깬 곳이 많다. 그곳에는 사진이나 그가 주고받은 편지 등 소소한 생활 유품들이 전시되어 있었다. 거창하고 대단한 건 없으나 사람들이 그를 기억하고 기념할 수 있는 장소로서의 가치가 컸다.

누군가의 기념관이 꼭 그의 고향에, 생가에 건립되어야 할 필요가 있을까? 그가 생전에 좋아하고 자주 방문했던 곳이라면 기념관이 들어설 충분한 자격이 있지 않을까.

요즘 교육도 많이 받고 세계 곳곳을 돌아본 젊은이들이 많이 귀농하고 있다. 각박한 도시에서 벗어나 시골에서 자신만의 꿈을 펼치고 자신이 추구하는 가치를 맘껏 추구해보고 싶기 때문일 것이다. 나는 이들이야말로 놓치기 아까운 자원이라고 생각한다. 꿈에 부푼 젊은이들은 물론 자신이 직접 만든 집과 정원을 가꾸며 '느린 삶'을 살고 싶

210

어 하는 중장년층들 중에 문화 사업에 적격인 사람들을 지자체에서 금방 찾을 수 있을 것이다.

이 사람들이 만드는 기념관, 농장, 식물원에 국가가 투자를 하고 보조금을 지원하는 것은 어떤가? 선진국에서는 식물원 같은 곳은 공공성이 있다고 보고 학교와 같은 법인으로 취급하여 보조금을 지원하는 것이 대부분이다. 식물원은 사회에 도움이 되는 공공자원이지만, 거기 들어가는 비용만큼 입장료를 받았다가는 손님이 끊기기 때문에 국가에서 지원을 해야 한다는 개념이다.

최근 우리나라에도 뜻있는 개인들의 힘겨운 노력으로 여러 식물원이 생겼지만, 다들 유지 자체가 힘들다. 국가에서 쥐꼬리만한 보조금을 지원받으려면 까다로운 서류에 형식적인 행사까지 눈치를 봐가며 해야 한다.

형식적이고 겉만 번지르르한 일회성 관광자원보다 내실 있고 알찬 관광 자원, 기초부터 다질 수 있는 관광 사업에 국민의 혈세를 써주었으면 하는 바람이다.

포구문화를 연구하기 위해 우리 부부가 방문한 외국의 섬들 중 우리나라에서 배우고 연구할 가치가 있다고 생각되는 섬이 두 군데 있었다. 미국의 카타리나 섬은 한 친구의 추천으로 가게 되었는데, 미국인들이 여름에 가장 가고 싶어 하는 휴양지라고 한다. 이 섬에서 가장 눈에 띄는 것은, 여기서는 지정된 형태의 차만 다닐 수 있다는 것이었다. 수소 연료인지 전기인지, 어쨌든 화석 연료를 쓰지 않는 친환경적인 차만 다니는데, 아주 작고 예뻐서 그 자체로도 볼거리가 되었다. 그 작은 차로 작은 골목골목을 여행하는 프로그램도 있어서 그 차를 몰고 다니며 요금을 받는 주민들은 돈을 벌 수 있었다.

섬 가운데 있는 선인장 동산은 손잡고 산책하기 좋았고, 잠수함은 꼭 타보고 싶은 예술적인 디자인이었다. 선착장에는 나무를 많이 심어 그늘도 많았고, 다른 곳에서는 찾아보기 힘든 기발하고 독특한 카드, 달력, 조각품, 사진 등을 전시한 작은 가게들은 그 자체만으로도 그림 같은 풍경을 연출했다.

이탈리아의 카프리 섬은 조금 달랐다. 세계적인 관광지라기에 연구를 좀 해보려고 하던 차에, 자연 조건도 외도랑 비슷하다고 대사관에서도 추천해서 더욱 관심을 갖고 간 곳이었다.

그 민박촌의 분위기를 조사하기 위해 우리 부부는 한국인 통역자를 구해 한 집을 골라 3박 4일을 머물렀다. 품위 있고 예의바른 노부부가 주인이었다.

"커피 마실래요?"

할머니는 빵과 커피를 우리에게 권하며 친근감 있게 말을 걸어왔다. 우리는 그 집의 앞마당과 뒷마당 울타리 옆에 심은 꽃에 대해 이야기를 나눴다.

"펜션을 하니까 좋은 사람들을 많이 만나서 즐거워요. 게으르지 않게 지내면서 수입도 되고요. 내일은 누가 올까 늘 기대하며 살지요."

주인 부부는 즐거운 표정으로 집안 구석구석에 있는 테이블보, 꽃병, 작은 인형, 커튼, 샹들리에 등을 화제로 올리며 그것들을 어디서 어떻게 구했는지, 거기에 깃든 추억과 사연은 무엇인지를 들려주었다. 스파게티는 어떤 집이 맛있고, 카페 분위기는 어디가 좋은지도 친절히 설명해주었다. 함께 차를 마시며 이야기를 하다 보니 호텔과는 다른, 내 집처럼 포근하고 따뜻한 정감이 느껴졌다.

카프리 섬에서는 옛날부터 있던 구불거리는 골목 그대로를 살린 재미있는 산책로와 오밀조밀 사람 사는 맛이 나게 만든 가게와 집들이 인상적이었다.

우리나라에서 민박은 보통 여관보다 싼 곳을 의미한다. 펜션이라고 해도 비슷비슷한 구조에 주인도 살지 않는 곳이 대부분이다. 그러나 이곳에서의 민박은 정겹고 사람 냄새가 나는 색다른 문화 체험을 의미했다. 숙박비도 호텔과 비슷한 가격이니 지역 경제에 도움이 됨은 물론이었다.

우리나라에서 지자체 주도로 반드시 해야 하는 것이 주민들 교육이라고 생각한다. 지역 주민들이 민박이라는 사업을 제대로 할 수 있도록 경영 마인드, 서비스 마인드를 교육시켜야 한다. 외지에서 온 사람이 하는 것보다 그 땅에서 오래 살아온 원주민이 장기적인 안목을 가지고 하는 것이 지역 주민에게도 정부에게도 이롭기 때문이다.

잃어야 얻는다

태풍이 한번 지나가고 나면 모든 것이 바뀐다. 태풍이 오면 큰 나무일
수록 큰 피해를 입는다. 작은 나무는 평소에는 큰 나무에 가려 싹도
틔우지 못하고 햇빛도 맘껏 못 받으며 살다가 태풍으로 큰 나무가 쓰
러지면 맹렬하게 성장해간다. 이렇게 숲의 주인공은 교체되어 간다.

외도에서 가장 낭만적인 이름과 아름다운 전경으로 많은 사람들의
탄성을 자아내던 천국의 계단은 태풍 매미 때 폐허가 되다시피 했다.
강한 바람 때문에 쓰러지고 뽑힌 나무도 있었지만, 대부분 염분 때문
에 말라죽고 말았다. 강한 염분이 섞인 바람이 불어닥치자 염분에 약
한 편백나무들이 3일도 안 되어 노랗게 축 늘어지고 말았던 것이다.
뒤늦게 호스로 맑은 물을 뿌려주었지만, 이미 때는 늦었다.

섬 개발 초기부터 지금까지 항상 외도를 지켜준 편백나무들을 베어
내려니 눈물이 앞을 가렸다. 베어낸 자리가 너무 허전해 근처에 가고
싶지도 않았다. 그러나 주위의 꽃을 섬 특유의 강한 바람으로부터 보

214

외도의 명물이었던 천국의 계단은 2003년의 태풍 매미로 인해 크게 손상되었다. 지금은 편백나무가 있던 자리에 산호수가 들어섰다. 어서 빨리 자라 예전의 기품과 아름다움을 지닌 천국의 계단이 되길 기다리고 있다.

호하려면 하루라도 빨리 방풍림을 심어야 했다.

그때 절박한 심정으로 찾아낸 나무가 산호수였다. 산호수는 편백나무처럼 울타리로 많이 쓰는 나무인데, 특히 염분에 강하고 큐티클 성분을 많이 내어 자기보호능력이 강한 특성을 갖고 있다. 잘려도 새순이 잘 돋고, 자라는 속도도 빠르다.

한마디로 섬에 더 어울리는 강한 나무라고 할 수 있다. 아직 키 큰 편백나무들이 우거졌던 예전의 천국의 계단 모습은 회복하지 못했지만, 지금 푸르게 자라나는 새로운 천국의 계단은 아주 신선하고 힘찬 맛이 있어 좋다. 태풍 매미 때문에 편백나무들을 잃지 않았더라면 이렇게 내 마음을 든든하게 해주는 나무를 가꾸지 못할 뻔했다.

잃어야 얻는다는 이런 역설적인 진리는 선착장을 만들면서도 배울 수 있었다. 우리는 외도에서 열 평도 못 되는 선착장 하나를 만들기 위해 몇 년을 고생했다. 초기에는 힘들게 만든 선착장이 번번이 흔적도 없이 휩쓸려가 버렸을 때는 너무나 절망적이었지만, 덕분에 많은 경험과 연구를 통해 더 튼튼한 선착장을 만들게 되었다.

손님이 많이 오지 않던 시절에 그랬던 것이 얼마나 다행인가. 어설프게 만든 선착장이 몇 년간 수명을 유지하다 손님이 잔뜩 밀어닥친 날 망가졌다면 얼마나 큰 피해를 입었을까. 지금 생각하면 정말 아찔한 일이다.

그렇게 생각하면 지금 당장 이익을 보았다고 기뻐할 일도 아니고, 당장 손해를 보았다고 슬퍼할 일도 아니다. 모든 것은 변화한다는 것이 자연의 기본 법칙이기 때문이다.

이런 변화의 법칙은 우리 삶에도 그대로 적용되는 것 같다. 요즘 부익부빈익빈이라는 말을 많이들 하지만, 세상에 영원한 것은 없다. 사회가 크게 변화할수록 부자와 가난한 사람들이 더 활발하게 자리바꿈을 하는 것을 보면 알 수 있다.

영원한 권력도, 영원한 부도 없다는 것은 엄연한 자연법칙인 것이다. 미국에서 100년 전의 100대 재벌 중 오늘날에도 100대 재벌에 꼽히는 브랜드는 몇 개 되지 않는다는 기사를 읽은 적이 있다. 그 살아남은 브랜드도 이름뿐, 실상 주인은 바뀐 경우가 많다고 했다.

태풍이 오면 자연은 변한다. 큰 나무가 사라지고, 새로운 나무들이 우후죽순으로 자라나며, 썩은 나뭇잎과 나뭇가지들이 더 빨리 자연으로 돌아간다. 이제 태풍이 닥쳐도 크게 좌절하지 않는 것은 모든 것이 자연법칙에 순응할 수밖에 없다는 것을 너무나 잘 알기 때문이다. 내가 무슨 생각을 하던 결국에는 그 상황을 받아들여야 하고, '잃었다'는 것을 축복으로 받아들이면 결국 더 큰 것을 '얻게 된다'는 것을 체험으로 알기 때문이다.

인간이 이런 한계 상황 없이 늘 마음먹은 대로만 살 수 있다면 얼마나 교만해질 것인가. 늙고 병들어 죽어가는 것 또한 자연의 법칙에 충실한 것이니 맞서 싸울 일이 아니다. 어떤 일 때문에 마음이 괴롭다면, '잃어야 얻는다'는 역설적인 법칙을 다시 한 번 생각해볼 일이다.

동백 같은 사람이 되고 싶다

추운 겨울에 외도에 오르는 손님들은 동백 잎에 무슨 기름을 부었기에 이렇게 반질반질한 광택이 나냐고 질문을 한다. 우리 직원들은 웃으면서 "우리가 귀중한 동백 잎에 매일 기름을 발라 닦아서 그렇지요" 하며 농담을 한다.

그러나 동백 잎이 윤이 나는 이유는 큐티클Cuticle 때문이다. 우리나라 남해안이나 제주도에 널리 퍼져 있는 상록활엽수나 초본류 중에는 잎에 광택이 나는 종류가 많이 있는데, 그 광택은 큐티클이란 물질이 잎의 표면을 덮기 때문에 생긴다. 대부분 기온이 높고 건조한 곳이나 염분과 바람이 많은 곳에 자라는 식물들은 잎에서 수분이 빠져 나가는 것을 막기 위해 잎의 표면을 표피 세포에서 생산된 큐틴Cutin과 왁스Wax라는 물질로 구성된 큐티클로 둘러싸고 있다. 특히 기온이 높고 건조한 때일수록 큐티클 층이 두껍게 발달하는데, 이런 경우 잎의 광택이 더욱 강해진다.

외도에는 특히 이런 식물들이 많이 자라고 있다. 동백나무, 돗나무, 후박나무, 사자나무, 참식나무, 녹나무 등이 이런 식물들을 대표하고 있다. 서울에 오면 동백나무 잎이 반들거리지 않고 힘이 없어 보이는 것은 자연조건이 맞지 않기 때문이다. 그래서 어쩐지 힘이 없어 보인다. 게다가 해풍을 견딘 내공이 없어서, 서울의 동백은 꽃이 피어도 싱그러움이 없다.

동백은 가지를 꺾어도 일주일은 싱싱하고, 꽃 역시 통째로 바닥에 떨어져 내리고도 일주일 동안 싱싱하게 있을 정도로 건강한 꽃이다. 그래서인지 동백나무는 예부터 지금까지 우리의 삶에 늘 가까이 있어 왔다.

동백은 실용적으로도 쓰임새가 넓지만, 특히 꽃 모양새가 아름다워 관상수로도 많이 쓰인다. 일본인들이 이 동백꽃을 특히 좋아해서 일본에서 개량한 품종만도 300여 종이 넘는다고 한다.

동백나무는 화력이 좋아 한때는 땔감으로도 많이 쓰였고, 재질이 단단해서 얼레빗, 다식판, 장기쪽, 가구 등 다양한 생활용구를 만드는 재료로 쓰이기도 했다. 그러나 무엇보다 동백나무가 요긴하게 쓰이는 것은 동백기름 때문이었다.

옛날 소설에 보면 여인의 화장용품으로 머릿결을 다듬는 동백기름이 꼭 나온다. 머릿결을 촉촉하게 유지해 주는 동백기름은 예부터 아낙네들의 머릿결을 부드럽고 멋스럽게 해주는 데 많이 쓰였던 것이다. 식용이나 등화유로도 많이 쓰였는데, 옛날에는 칼을 녹슬지 않게 하는 도검유(刀劍油)로, 최근에는 정밀기계의 윤활 작용을 하는 기계

유(機械油)로도 쓰인다.

동백은 약용으로도 쓰인다. 그늘에 말린 동백나무의 흰 꽃을 물에 끓여 마시면 여자의 하혈에 좋고, 토혈에는 꽃·열매·잎·줄기를 끓인 물을 마시면 좋아진다. 오줌이 잘 안 나올 때는 동백나무의 흰 꽃을 끓인 물이나 열매를 구워 먹으면 효험이 있다고 한다. 타박상에는 동백나무의 잎을 그늘에서 말려 감초와 함께 분말로 하여 물에 반죽하여 바르기도 하며, 잎을 태운 재는 자색을 내는 유약으로도 쓰였다.

이러니 동백은 어디 한 군데 버릴 것이 없다. 심지어 꽃말도 '신중', '허세부리지 않음'이니, 동백을 볼 때마다 늘 아름답고 심지 굳은 사람을 보는 것 같다는 생각을 하곤 한다.

동백은 나의 역할 모델. 외도 곳곳에 우거진 동백을 보며 나도 동백처럼 늘 푸르고 쓸모 있는 사람이 되고 싶다는 소망을 가져 본다.

내 마음 속에 깊은 샘을 만들어라

후박나무 약수터는 외도를 찾는 손님들이 아주 좋아하는 곳이다. 커다란 후박나무가 넉넉한 그늘을 만들어 줘, 약수터에서 목을 축인 사람들은 그 그늘에 앉아 두런두런 이야기를 나누며 시간을 보낸다.

다도해로 불리는 우리나라 남해안에 있는 2천 500여 개의 섬 중에 70% 가량이 무인도라고 한다. 왜 어느 섬에는 사람이 살고 어느 섬에는 살지 못할까? 그건 바로 먹을 물이 있느냐 없느냐로 갈라진다.

이곳 외도의 후박나무 약수터는 수백 년간 이 섬 주민들의 생명줄 역할을 했다. 샘이 얼마나 깊으면 오랜 세월 마르지 않고 동네 사람들의 목을 축여왔으며, 지금도 수없이 몰려드는 사람들이 매일같이 떠마셔도 쉼 없이 흐를까? 후박나무 샘터를 볼 때마다 저 작은 샘의 깊이에 경이로움을 느낀다.

섬만이 아니다. 예로부터 우물의 생명력은 집과 마을의 생명력에 직결되어 왔다. 마르지 않는 우물이 있는 집은 번성하고 그러지 못한 집은 쇠퇴했다. 동네 우물이 마르면 마을에 망조가 들었다며 사람들은 그 마을을 떠났다. 아무리 가물어도 마르지 않는 우물을 갖는 것은 사람들의 소망이었다.

샘은 집이나 마을에만 필요한 게 아니다. 사람에게도 마르지 않는 정신의 샘이 필요하다. 무엇을 이루고 싶다는 꿈, 그것을 추구하는 열정, 이것이 바로 사람에게 필요한 정신의 샘이다. 희망이 있는 사람은 어떤 위기와 시련이 닥쳐도 쉽게 쓰러지지 않는다.

요즘 실업대란이라는 말을 많이 듣는다. 뉴스나 신문에는 취업재수생이 넘쳐난다는 보도가 줄을 잇고, 취업재수생이 자살을 했다는 암울한 이야기도 들려온다. 이런 소식을 접할 때마다 나는 가슴이 답답해진다. 앞으로 얼마나 긴 인생이 남아있는데, 그 긴 시간 속에서 현재를 역전시킬 기회는 얼마든지 올 텐데 그만 좌절하고 인생을 접는단 말인가.

살아갈수록 인생은 신비롭다. 당시에는 견딜 수 없다고 생각했던 시련과 위기도 지나고 보면 기회요 축복이었던 경우가 너무도 많다. 그래서 내 안에 마르지 않는 정신의 우물을 만들어, 어떤 순간에도 꿈과 희망을 잃지 않으며 모험 가득한 세상을 살아갈 뿐이다.

나는 기업가 정신을 가진 사람들을 좋아한다. 자기 자신을 믿고 성실과 끈기로 노력하며 꿈을 이뤄내는 사람들이 너무 멋있어 보인다. 특히 자기 자신을 부단히 갈고 닦아 그 누구도 따라올 수 없는 독특하고 창의적인 '자신만의 브랜드'를 가진 사람들은 존경스럽기까지 하다.

서울 논현동에는 '최가철물'이라는 이상한 철물점이 있다. 나는 이 철물점의 주인을 아주 좋아한다. 이 사람은 독특한 철물점으로 성공한 뒤 대학로에 '쇳대 박물관'이라는 것을 세웠다. 3천여 점에 이르는 국내외 자물쇠와 열쇠를 모아 놓은 이곳엔 고려 왕실에서 사용했던 은입사 자물쇠부터 조선 상류사회에서 혼수품으로 애용됐던 열쇠패(장식용 열쇠고리), 그리고 유럽 · 아프리카 · 티베트 · 북한 등 세계 각국의 자물쇠와 열쇠들까지 전시돼 있다.

그는 재수생 시절, 단순히 돈을 벌기 위해 철물점에서 아르바이트를 시작했다고 한다. 다른 사람들처럼 우연히 시작한 일이지만, 그의 다른 점은 처음 시작할 때부터 한 번도 물건을 '파는' 데만 목적을 둔 적이 없다는 것이었다. 그는 단순히 가격 흥정만 하던 다른 점원들과 달리 이 물건은 무슨 장점이 있고 디자인은 어떻게 특별한지, 가격은 왜 이 가격인지 철물의 비중이며 물류비용까지 상세히 얘기해가며 물건에 대한 손님의 이해를 도왔다. 자연히 그를 찾는 손님이 많아졌고, 그렇게 10년쯤 열심히 일하니까 다른 사람의 두 배를 받을 수 있었다.

어느 정도 돈을 모아 일곱 평 가게에 자신의 성씨를 건 철물점을 연 그는 기존의 철물점 개념을 뒤집어, 자주 가고 싶은 카페처럼 꾸몄다. 판매에 있어서도 다른 전략을 썼다. 컬러와 디자인을 다양하게 하여 물건을 고르는 쇼핑의 재미를 주었고, 소비자가 원하는 디자인으로 주문제작도 하여 특별하고 개성 있는 물건을 갖는 즐거움을 누리게 했다. 즉, 철물에 '디자인'의 개념을 도입하여 소비자의 개입도를 높인 것이다. 항상 노트를 가지고 다니며 독특한 물건이 있으면 필요한 특징을 스케치했다니, 내가 항상 꽃시장과 홍대 앞을 다니며 사진을 찍었던 노력과 비슷하다는 생각이 든다.

지금 그의 밑에서 일하고 싶다는 입사지원자들 가운데는 상당수가 명문대학 출신들이다. 그는 재산을 털어 설립한 쇳대박물관이 자리 잡히면 '대장간 학교'를 세울 생각이란다. 소비자들이 직접 참여해 철을 다뤄볼 수 있도록 할 대장간 학교는 이미 부지가 마련되고 건물까지 완성된 상태라고 한다.

무엇이 그를 여기까지 끌고 왔을까? 바로 그의 꿈과 열정이었다고 생각한다. 10년, 20년 한 우물을 팔 수 있는 힘, 무엇인가에 미쳐 내가 좋아하는 것을 끝내 이루어낼 수 있는 힘, 이것은 바로 지치지 않는 그의 열망이 만들어낸 것이다.

꿈과 열망은 정신의 샘물이다. 좌절하고 포기하고 싶은 젊은이가 있다면 내 안의 샘을 들여다보고 그 깊이를 반성할 일이다.

샘이 깊은 물은 가뭄에도 마르지 않듯이 마음의 샘이 깊은 사람은 아무리 힘이 들고 어려운 일이 닥쳐도 쉽게 물러서지 않는다.

정원 외교관의 꿈

외도에는 외국인들도 종종 찾아온다. 부산에서 열리는 국제적인 회의나 세미나에 참석한 뒤 외도를 찾는 외국인 학자들, 정부 요인들도 있고, 부산 경남 지역에 비즈니스로 왔다가 시간을 내 외도를 관광하는 기업인들도 있다.

거제도는 대우조선, 삼성조선 등이 있는 세계적인 조선업의 중심지이기도 한다. 수백만 달러짜리 배를 주문한 세계 각지의 기업들은 배만드는 작업을 감리 감독할 직원들을 거제도로 출장보내기도 한다. 주로 유럽인들이 많이 오는데, 그들은 유럽풍 정원을 닮은 외도를 보며 향수를 달래려는지 시시때때로 외도를 찾는다.

외도를 방문하는 외국인들의 반응은 아주 재미있다. 이탈리아 인들은 외도가 이탈리아의 유명한 관광지 카프리 섬 같다고 하고, 영국인들은 버킹검 정원 같다고 한다. 프랑스인들은 베르사유 궁전 같다고 하고, 캐나다인들은 부차트 가든The Butchart Gardens, 미국인들은 카타리나 섬이 연상된다고 한다. 일본인들은 도쿄 동남쪽의 유배지로 유명했던 하치조지마 섬 같다고 하는가 하면, 중국 사람들은 양쯔강 하류의 난징 같다고도 한다.

남편은 외국인들이 보내는 찬사에 무척 기뻐했다. 자그마한 이 섬이 세계적인 휴양지나 궁전과 비슷하다고 하니, 그저 좋을 수밖에. 캐나다의 부차트 가든은 우리도 두 번 가봤지만, 그곳에는 우리 거제도 앞바다 같은 아름다운 바다와 자연은 없다. 그래서 우리는 때로 "우리 외도가 최고야, 최고!" 하고 스스로 만족해한다.

외국인들이 외도를 찾아오는 날, 나는 더욱 바빠진다. 우리 집 대청마루로 그들을 안내하여 커피와 과일을 대접하기도 하고, 우리나라 문화에 대한 이야기를 하기도 한다. 나도 외국 여행을 많이 해보았지만, 어떤 아름다운 정원을 방문했을 때 주인의 환대를 받게 되면 얼마나 기분 좋은 경험이 되는가. 내가 잠시 시간을 내어 그들을 초대하면 그들은 우리나라에 대해 아주 좋은 인상을 갖게 될 것이다.

외도를 방문하는 외국인 중에는 기업체의 CEO도 있고 교수도 있으며, 전직 대통령이나 국무총리, 종교 지도자 등도 있다. 사회적 영향력이 강한 이들에게 친절을 베푸는 일은 훌륭한 민간 외교라 생각한다. 덕분에 나도 그들과 어울리며 즐거운 시간을 보냈고, 그들 중 한 사람은 훗날 내가 그의 나라에 놀러갔을 때 그의 별장에서 벌어지는 파티에 나를 초대한 적도 있다.

욘사마 열풍 때문에 외도를 찾는 일본인들은 한국 문화, 한국말까지 열심히 배울 정도로 한국을 좋아하는 사람들이다. 서투르게나마

한국말을 배워서 '감사합니다. 또 오겠습니다' 하고 인사를 하는 사람들이 어찌 예뻐 보이지 않을까. 따뜻한 미소 한 번, 차 한 잔이 인연이 되어 일본에 돌아가서도 편지와 함께 전통 일본 과자를 선물로 보내오는 사람도 있다.

이렇게 외국인들을 만나다 보니 아쉽다는 생각이 가끔 든다. 외도가 유럽풍 정원이기 때문이다. 한국을 방문하는 외국인들이 한국 정원의 아름다움에 반해 한국 문화를 배우고, 한국을 다시 찾아주면 얼마나 좋을까. 외도라는 섬이 바다를 배경으로 하는 산 지형이라 이곳의 자연에 어울리는 지중해풍의 정원을 만들었지만, 만약 내게 고향 땅과 같은 곳이 주어진다면 한국의 전통 정원을 만들고 싶다는 생각을 늘 한다.

내가 자란 고향 경기도 양주는 칠봉산이 병풍처럼 둘러싸고 있는 아늑한 곳이었다. 그 이름이 말해주듯 칠봉산은 일곱 봉우리가 멋질 뿐만 아니라 기암괴석이 곳곳에 자리 잡고 있는 위엄 있는 산이었다. 그 칠봉산 봉우리 사이로 떠오르는 햇살은 언제나 찬란한 아침을 연출하였다.

늘 똑같은 태양이 뜨고 달이 지곤 했지만 그 풍경은 날마다 달라 나는 풍성한 자연의 은총을 느꼈다. 봄이 무르익고 여름이 가까워지면 신록이 무성해졌다. 여름이 되고 장마 비가 지나가고 나면 이곳저곳의 계곡에선 폭포가 쏟아져 내렸다. 내게 칠봉산은 세상의 그 어느 산보다도 웅장하고 드넓은 품을 가진 명산이었다.

우리 집은 사립문에 기역자를 반대로 뒤집어 놓은 모양이었다. 울타리 중간에는 나무가 듬성듬성 있었는데 봄이 되면 복숭아꽃과 살구꽃이 피었다. 봄날 뒷동산에 흐드러지게 피던 진달래를 한참 바라보고 있으면 머리에 어질어질 현기증이 일기도 했다. 집 앞 개울물에 발가벗고 들어갔을 때, 맑은 개울물이 내 몸을 스쳐가던 그 감촉이 아직 생생하다.

뒷동산에는 집안 대대로 내려온 산소가 있었다. 줄줄이 펼쳐진 산소 양쪽에는 크게 자란 철쭉이 두 그루 자리 잡고 있었다. 맨 위쪽 조상 할아버지 산소 옆에는 커다란 상석과 망두석이 자리 잡고 있었다.

마음속엔 늘 이토록 아름답고 향기로운 기억뿐이지만 그곳을 방문할 때마다 기분이 쓸쓸해진다. 공장들과 성의 없이 지어진 건물들로 뒤덮여 이미 추억 속의 내 고향과 아름다운 고향집은 어디에도 없다. 그래서 가끔 고향을 찾아갈 때마다 그 옛집을 되살려서 짓고 싶다는 생각을 한다. 아버지가 뒷문을 열어 놓고 시원하게 낮잠을 주무시던 모습, 긴 행주치마를 입고 부엌에서 밥을 짓던 어머니 모습도 되살려 놓고 싶다. 우리 네 자매가 옹기종기 모여 놀던 기억, 어머니가 큰 가위로 엉망으로 깎아놓으셨던 머리 모양도, 노란 송아지에게 여물을 먹이던 외양간과 마당에 선 나무의 까치둥지도.

그 풍경들을 재현해놓으면 1900년대 초반 한국 시골의 생활상을 그대로 살려낸 개성 있는 정원이 되지 않을까. 한국 정원을 만드는 데 필수인 동양 철학과 미학을 알지 못해 나는 엄두를 내지 못하지만, 세계인들을 불러 모을 수 있을 만큼 근사한 한국 정원을 누군가가 만들었으면 좋겠다. 그 정원을 가꾸는 사람은 한국의 아름다움을 세계에 보여주고 한국의 자연주의적 문화를 널리 알리는 위대한 '정원 외교관'이 될 것이다.

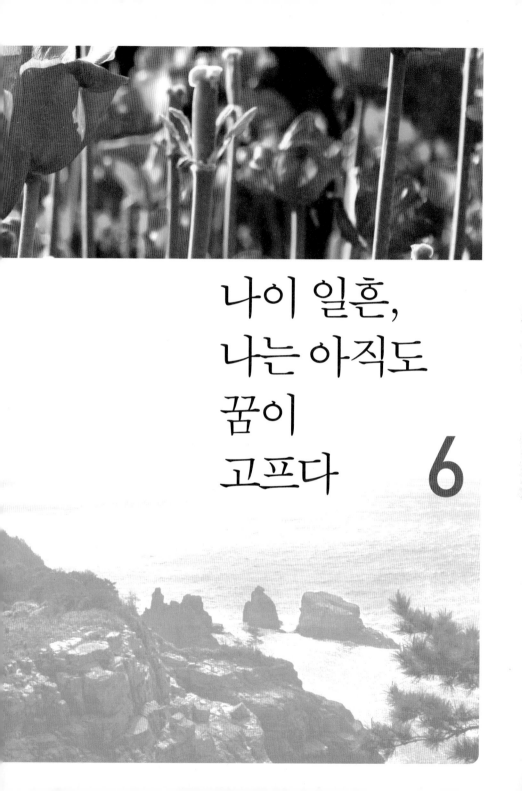

나이 일흔,
나는 아직도
꿈이
고프다

6

뚜껑 없는 차와 가든파티의 꿈

이제야 고백하지만, 아주 어릴 적부터 품어왔던 나의 가장 오래된 꿈은 바로 '뚜껑 없는 차'를 타는 것이었다.

미군 부대가 있는 동네에서 어린 시절을 보낸 나는 어느 날 낮에 양색시가 사는 집 앞을 지나가게 되었다. 그 집 앞에는 헌 책이 여러 권 버려져 있었다. 한눈에도 외국 책이라는 것을 알 수 있었다. 나는 조심스럽게 책들을 집어 들었다.

그 책들 속에는 그때까지 듣지도 보지도 못했던 옷과 가구, 의자, 샹들리에 같은 희한한 제품 사진이 실려 있었다. 호기심에 한 장 한 장 책장을 넘기던 나는 그만 한 사진 앞에서 잠시 숨을 멈추고 말았다. 사진 속에서는 금발의 여인이 짧은 반바지에 헤어밴드를 하고 빨간 오픈카 위에 고양이처럼 날렵하게 올라타 있었다.

뚜껑 없는 차라니! 세상에 뚜껑 없는 차도 있나? 그 사진은 어린 내게 큰 문화충격을 주었다. 빨간색의 뚜껑 없는 차에 멋지게 걸터앉은

232

어여쁜 여자. 나는 그 모습이 신기해서 들여다보고 또 들여다보았다. 책을 집에 가져온 후에도 엄마 몰래 옷장 깊숙이 감춰두고 생각날 때마다 들여다보았다. 사람이 이렇게 예쁠 수 있고 차가 이렇게 멋질 수도 있으며 더구나 뚜껑도 없을 수가 있구나!

그 책에서 신기한 건 그것만이 아니었다. 생전 본 적 없는 형형색색의 아름다운 꽃 사진들도 실려 있었다. 복숭아꽃, 살구꽃, 진달래를 본 것이 고작인 그 시절, 잡지 속의 이국적인 꽃들은 놀라움 그 자체였다.

나는 그때부터 외국, 즉 '여기'가 아닌 황홀한 '저기'에 대해서 꿈을 꾸기 시작했다. 동시에 '오픈카'를 향한 평생의 꿈이 시작되었다. '오픈카' 혹은 '컨버터블'이라는 명칭을 몰랐던 그때는 그저 '뚜껑 없는 차'로 기억되었다. 나는 결심했다.

'뚜껑 없는 저 차를 내 기어이 타보고 말리라!'

그 후 세상을 살면서 이 꿈 외에도 수많은 꿈들이 생겼다. 하지만 그 어떤 꿈도 '뚜껑 없는 차'에 대한 욕망을 넘어설 수 없었다. 그것은 내가 최초로 품었던 '꿈 1호'이기에 그만큼 강렬했고, 신성한 무엇이 있었다.

나이가 들면서 언제부턴가 나도 경제적 여건으로는 '뚜껑 없는 차'의 꿈을 이룰 수 있게 되었다. 그러나 남편도 자식도 나를 도와주지 않았다. 남편한테야 비웃음만 받을 테니 일언반구도 하지 않았고, 당시 미국에 살던 딸 내외를 방문했을 때는 사위에게 어렵게 한 번 이야기를 한 적이 있다. 스카프 휘날리며 빨간 오픈카를 타고 달리는 장모? 사위는 내 말을 농담으로 받아들이고 웃기만 했다. 사위가 야속하긴 했지만, 사위가 무심한 것이 아니라 내가 별난 것이려니 하고 생각했다.

내 나이 68살이 되던 해 11월 23일, 드디어 그 꿈이 이루어졌다. 그무렵 나는 남편을 저 세상으로 보내고 무척 힘든 시기를 보내고 있었다. 그날도 후배 집에 가서 이런 저런 이야기를 나누면서 위로를 받고있었는데, 이야기 도중에 한 청년이 들어왔다. 알고 보니 그 청년은 최고의 오토바이로 유명한 '할리 데이비슨'의 한국지사장이었다. 그는 어쩌다가 나의 '제1호 꿈' 이야기를 듣게 되었다.

"그럼 약속을 잡으시지요. 제가 그 꿈을 이루어드리겠습니다."

그가 선뜻, 너무나 쉽게 나서기에 내가 오히려 놀라버렸다. 수십 년동안 이루지 못한 꿈을 한 청년이 이렇게 쉽게 이루어주겠다고 하다니. 다른 사람들이 그랬던 것처럼 그 젊은 사장도 내 이야기를 농담으로 들은 것이 아닐까? 그렇게 의심하고 있는데 며칠 후 정말로 전화가걸려왔다.

열 몇 살에 품은 꿈을 무려 50년이나 지나 이루게 되다니. 가슴이풍선처럼 부풀어 올랐다. 나는 대담한 선글라스를 준비했다. 이사도라 던컨 생각을 하며 스카프는 물론, 머리에 쓸 헤어밴드와 모자도 준비했다. 의상은 즐겨 입는 파란 색 파카에 흰 모자 달린 반코트도 여벌로 챙겼고 검정 부츠를 신었다. 50년을 기다린 꿈을 이룰 가장 완벽한 준비를 한 셈이었다.

"차는 여기 있는데, 날씨가 추워서 오픈카를 타실 수 있겠습니까?"

빨간 오픈카 앞에 선 젊은 사장이 정중히 물었다.

"꿈을 이루는데 뭐가 문제겠습니까? 추워서 죽더라도 타야지요."

내가 망설이지 않고 바로 대답하자, 그가 빨간 오픈카 앞에 우뚝 섰다. 챙이 큰 중절모, 검정 롱코트를 멋지게 입은 모습이었다. 가슴이 찌르르 떨려왔다. 내 꿈을 이뤄주기 위해 한 사람이 저토록 마음을 써주다니. 자식 같은 나이의 젊은이가 보여준 친절과 성의에 나는 감탄했다.

한강변을 질주하던 오픈카 속의 빨간 모자 여인은 하늘을 향해 "여보, 근사하지?" 하고 손을 흔들었다. 어린 시골소녀의 꿈을 백발이 성성해서 이룬 그날, 나는 감격적인 마음으로 지나간 날들을 떠올렸다. 모기떼에 물리면서 댑싸리 울타리 밑에서 날밤을 새워가며 들었던 음악, 그 멋있던 음악들을 들려주던 제니스 라디오의 지직거리는 소리. 지금은 최고급 스피커로 더 좋은 음질의 음악을 듣지만, 그때 엄마가 깨실까 봐 맘 졸이며 듣던 그 베토벤의 월광 소나타, 구노의 아베마리아, 쇼팽의 녹턴, 모차르트의 오페라 아리아의 감동은 결코 두 번 다시 느낄 수 없으리라.

나의 꿈 2호는 '파티 하는 정원'이었다. 젊었을 때 본 〈애수〉〈젊은이의 양지〉〈지상에서 영원으로〉 등의 허리우드 영화에는 유난히 정원 파티 장면이 많이 나왔다. 휘황찬란한 샹들리에 아래에서 드레스와 턱시도를 차려입고 멋진 음악에 맞춰 춤을 추는 주인공 남녀. 그 정원에서 그들은 사랑에 빠지고 서로 영원히 변치 않을 것을 약속한다.

파티 하는 정원을 꼭 만들고 싶었지만, 정원만 만들어놓고 파티는 아직 열지 못했다.

'저 영화에 나오는 것처럼 파티 하는 정원을 꼭 만들고 말리라.'

이 결심은 나의 꿈 2호가 되었다. 외도를 만들어온 역사 자체가 나의 꿈 2호를 이루기 위한 과정이었는지도 모른다. 하지만 근사한 정원만 만들어놓고 아이러니컬하게도 내가 꿈꾸던 낭만적인 파티는 열지 못했다. 그래서 나는 아직도 파티 하는 꿈을 꾼다. 이왕 늦은 파티, 최고로 아름답게 해보고 싶다는 생각도 한다. 우리 정원에서 외도 개발

40주년에 맞추어 근사한 파티를 하면 어떨까? 정명훈 씨 같은 세계 최고의 음악인들을 모셔다 클래식 음악회를 해도 좋을 것 같고, 유명한 재즈 뮤지션들과 젊은 스윙 동호인들을 불러 라이브 음악에 맞춰 춤을 춰도 괜찮을 것 같다. 나는 언젠가 우리 정원에서 열릴 파티에 대비하여 색다른 분위기를 줄 수 있는 돗자리와 몽골리언 텐트까지 다 봐두었다. 파티 때 입을 드레스는 물론 목걸이도 준비해두었다. '파티하는 정원'. 상상만 해도 가슴이 뛴다.

나는 앞으로 또 무슨 꿈을 갖게 될 것인가. 나 자신도 모른다. 분명한 건 나이를 먹는다고 꿈이 멈추는 건 아니라는 것이다. 세상을 향한 내 호기심도 줄어들지 않을 것이다. 그래서 나는 아플 틈도 없이 눈을 부릅뜨고 봐야 하고, 더 많이 느껴야 하고, 더 많이 노력해야 한다.

일흔한 살,
아직도 현재진행형인 나의 꿈들

나는 아직도 이루고 싶은 꿈들을 수첩에 적어가며 틈틈이 들여다본
다. 크고 작은 꿈들이 있겠지만 그중 큰 꿈 열 개를 적어보면 다음과
같다.

- 외도의 풍경 위로 음악이 흐르는 DVD제작
- 내가 선곡한 클래식 음악으로 CD만들기
- 내 삶이 담긴 책 쓰기
- 남편과 내가 외도에 쏟은 날들을 기억하는 조촐한 박물관 건립
- 이집트풍 피라미드 정원 만들기
- 폐쇄된 중국풍의 정원 만들기
- 푸른 바닷가에 흰 건물로 조개박물관 건립
- 정원에 관한 책들만 다루는 '가든 북 스토어' 만들기
- 세상의 모든 십자가들을 모아놓은 십자가 박물관 건립

• 하나님의 영광 한 자락을 보여 줄 아름다운 예수님의 정원 만들기

150년을 산다 해도 다 못 이룰 꿈일지도 모르지만 살아있는 동안은 최선을 다해 노력할 작정이다. 이 중 제일 위 네 개 꿈은 이미 완성했고, 이제 다섯 번째 꿈을 이루기 위해 매진하고 있다.

이집트풍의 정원을 만들고 싶다는 꿈은 뉴욕의 메트로폴리탄 박물관을 방문했을 때부터 품게 되었다. 독특한 상형문자와 황량한 사막에 우뚝 솟은 피라미드, 삶과 죽음을 연결하는 신화를 표현해낸 그 미학적 감각. 우리나라에서 이집트까지 직접 방문하는 것은 아직 힘든 현실이니, 우리나라 어딘가에 이 느낌을 살려낸 정원을 만들면 좋겠다는 생각이 들었다.

그래서 책과 다큐멘터리 비디오 등을 구해 계속 연구를 하다가 지난 2월, 드디어 현장 답사를 떠나기로 했다. 당연히 의사는 극구 만류했다.

"아니, 머릿속에 언제 터질지 모르는 큰 꽈리가 여섯 개나 있는데 어딜 가신다는 겁니까? 병원에서 2시간 이상 떨어진 곳에서 무슨 일이라도 나면 손 쓸 수가 없다니까요?"

모든 신경이 모인 곳에서 크게 자라고 있는 그 꽈리가 터지면 반신불수 내지는 사망이라고 했다. 2년 반 전 뇌경색 진단을 받은 후 그 좋아하던 운전도 그만두고 무거운 것도 들지 않고 시키는 대로 조심하며 살아왔지만, 나는 이번 이집트 여행만은 양보하고 싶지 않았다.

하고 싶은 일도 못하고 언제 찾아올지 모르는 죽음을 기다리고만

있다면 100년을 살고 200년을 산들 그 인생이 무슨 가치가 있겠는가. 나는 기어이 비행기를 타고야 말았다. 이집트의 느낌을 가득 담아올 큰 이민가방을 가지고.

2주간 사막을 휘젓고 다니며 유명한 피라미드와 신전들을 보고 고민했다. 어떻게 하면 이 느낌을 재현할 수 있을까? 제한된 공간에 최소한의 비용으로 무엇을, 어떤 규모로 어떻게 만들어내야 할까? 나는 고민하고 또 고민했다. 강병근 박사와 수없이 토론하여 대략 방향을 잡고난 후 상형문자가 그려진 파피루스, 스핑크스와 피라미드 모형을 비롯한 장식품과 장신구, 책으로 가방을 꽉꽉 채워왔다.

이제 필요한 것은 이집트의 건축과 미술을 잘 설명해줄 수 있는 전문가, 그리고 내가 사온 것들을 정원에 가장 어울리는 규모로 복제할 장인들을 찾는 것이다. 이 피라미드 정원이 완성되면 사람들은 이곳에서 이집트의 정취에 흠뻑 빠져드는 것은 물론, 이집트의 역사와 철학을 느끼고 미라와 피라미드에 얽힌 신비도 체험하게 될 것이다.

이집트를 다녀온 며칠 후 새벽, 아주 생생한 꿈을 꾸었다. 꿈속의 나는 멋있는 대저택에서 살고 있는 해리 포터였다. 집 안에는 이집트풍으로 장식된 멋있는 정원이 있고 파피루스와 투탕카멘, 파라오 조각상 등 황금빛 골동품들이 진열되어 있었다. 이집트인들이 내 옆에서 시중을 드는데 갑자기 외부에서 온 남자들이 우리 집을 침입했다.

마을은 교통이 차단되고 극도로 불안해졌다. 나는 옥상에 올라가 기둥까지 빼서 휘두르며 목숨을 걸고 그들과 싸웠다. 그러나 결국 재판장에 끌려가 사형을 당하게 되었다. 나는 폐허 같은 저택에서 멋진 드레스를 입고 당당하게 나섰다. 영화배우 소피아 로렌처럼 긴 머리와 가슴을 드러내고 멋진 음악에 맞춰 사형장으로 떠났다. 이제 차단만 내려오면 목이 잘리는 순간, 정지신호가 들리면서 땅에서 십자가가 솟아났다. 그 순간, 교회의 종소리가 흘러나오며 꿈이 끝났다.

얼마나 이집트풍 정원에 미쳐 있었으면 일흔이 넘어서 내가 해리포터가 되는 이런 황당무계한 꿈을 다 꿀까. 어쩌면 이 일을 하다가 하늘나라로 떠나게 된다는 내 운명에 대한 암시일까.

우리 이집트 정원은 사막이 아닌 바다를 배경으로 할 예정인데, 그래서 항상 어두운 곳에서만 볼 수 있었던 이집트 건물들을 밝은 자연과 어울리게 만들어보려고 한다. 외도의 모든 건물을 설계한 강병근 박사가 며칠 전 그려온 조감도를 보니 정말 근사한 작품이 될 것 같다. 조감도를 본 이후로 며칠째 잠이 오질 않고 가슴이 두근거리니, 참 행복한 고민이다.

나는 밤이나 낮이나, 틈만 나면 꿈을 꾼다. 오늘은 해리 포터가 되고 내일은 코미디언이 되고, 모레는 세상에서 가장 정열적인 드러머가 된 나를 꿈꾼다. 꿈을 꾸면서 나도 신나고 그런 나를 보는 남도 신나니 얼마나 좋은가.

70대 할머니의 20대 친구들

나는 젊은이들에게 밥 사는 데는 돈을 아끼지 않는다.

"날 맛있게 뜯어먹으면서 재미있는 이야기 좀 해봐요."

나는 특히 자신만의 세계를 가진 사진가, 미술가, 작가, 패션 디자이너 등을 만나면 바쁜 시간을 쪼개 그들과 이야기를 하려고 노력한다. 그들에게는 아무것도 아닌 한 마디 한 마디가 내게 새로운 감각을 주고, 늘 풍성한 대화거리를 제공해주기 때문이다.

그런 사람일수록 바쁘고 인기가 있기 마련이어서 사귀는 데 힘이 든다. 내 전략은 간단하다. 계속해서 나의 진심을 보이고, 정기적으로 연락하며 내 장점을 솔직하게 보이고, 맛있는 곳에서 밥도 사면서 결국 그 사람이 나를 좋아하도록 만든다.

외도의 음악과 영상을 CD와 DVD로 만들 때 나는 '아울루스'라는 음반제작업체에서 작업을 했는데, 이 회사의 40대 독신녀 사장과 지금은 딸에게도 못하는 이야기를 할 수 있을 정도로 절친한 친구가 되었다. 하지만 이렇게 되기까지는 긴 짝사랑의 스토리가 숨어 있다.

나는 외도에 항상 기품 있는 클래식 음악이 흐르게 하고 싶었다. 그래서 나름대로 책도 읽고 음악을 들어보았지만, 요즘 젊은이들처럼 어릴 때부터 기초적인 음악 교육을 받지도 못했고 클래식 음악회 혹은 방송이 가까이에 있는 것도 아니어서 도무지 감을 잡을 수가 없었다. 그래서 친한 방송국 피디들에게 물어보니 피아노를 전공하고서 음반전문매장에서 일하고 있는 임 실장이라는 사람이 최고라고 했다.

나는 그날 당장 그 음반매장을 찾아가 음반을 고르면서 임 실장이라는 사람을 살펴보았다. 마른 체격에 차가운 표정, 쉽게 친해질 수 있는 사람이 아닌 것 같았다. 음반을 사러 수시로 그 매장에 드나드니 내 얼굴이 눈에 익어 인사를 나눌 법도 한데 늘 사무적으로 나를 대했다. 무언가 질문을 해도 단답형으로만 대답할 뿐, 내게 손끝만큼도 관심을 보이지 않았다.

저 사람과 친해져서 차도 한 잔 하고, 음악에 관해 허심탄회하게 배우고도 싶은데 어떻게 해야 하나. 서울에 올 때마다 그 매장을 찾아가 그녀의 주위를 맴돌며 몇 달간 애만 태우던 나는 결국 저돌적인 공격 작전을 감행했다.

"실장님, 저는 임 실장님을 평범히 만나면 안 되는 사람입니다. 꼭 필요해서 그러니 몇 시간 동안 좋은 음악을 선곡할 수 있게 기본 상식만이라도 좀 가르쳐주십시오. 실장님과 음악을 공유하고 싶습니다."

내가 어떤 사람인지, 외도를 어떻게 꾸미고 싶은지까지 솔직담백하게 다 고백해버리자 이 사람의 마음의 문이 열린 것 같았다. 나이도 훨씬 더 많은 사람이 아주 겸손하게 진심을 담아 부탁을 하자 도와주고 싶은 모양이었다.

결국 임 실장은 토요일마다 우리 집으로 와서 세 시간씩이나 강의를 해줬다. 이런 일에 보수를 받을 수는 없다고 돈 얘기는 꺼내지도 못하게 해서 한동안 그런 고급 강의를 일대일로 받는 호사를 누렸다. 덕분에 자연과 클래식 음악이 어떻게 어울리는지, 어떤 음악가가 어떤 감성을 갖고 있는지 배웠고, 음반을 고르고 분위기에 어울리는 음악을 고르는 기준을 익히게 되었다.

그렇게 자주 만나면서 나이를 뛰어넘은 우정을 쌓게 되었다. 같이 음악을 듣고, 맛있는 것을 먹으며 인생을 이야기할 때마다 나는 이 사람의 예술적 감성에 감탄하게 된다. 내가 먼저 자존심을 버리고 나서지 않았더라면 이런 귀한 우정은 얻지 못했을 것이다.

이제는 30대, 40대가 된 딸애들의 친구들 중에 딸보다 오히려 나와 더 친하게 되어버린 친구들도 몇 있다. 딸의 친구들이 우리 집에 놀러 오면 나는 대개 농담이나 패션에 대해 한 마디씩을 던지며 관심을 보이는 편이었다.

"우와, 너 최신 패션으로 입었구나. 근데 색깔이 더 짙었으면 좋았겠다, 얘."

"어머, 어머닌 우리보다 시대를 앞서가시네요. 그걸 어떻게 아세요? 그리고 지금 입고 계신 치마가 너무 독특하고 잘 어울리세요. 그렇게 대담한 모양은 우리도 소화하기 힘든데, 너무 멋쟁이세요."

"그러니? 너네는 아직 어리니까 날 뜯어먹으면서 같이 좀 놀러 다니자."

그렇게 수다를 떨다 보니 딸이 없을 때도 그 친구와 바깥에서 둘이 만나 놀다가 들어오는 일도 종종 있게 되었다. 세월이 흐르면서 이 아이들도 자신의 직업을 갖게 되었는데, 보석 디자인을 하거나 패션 디자인을 하는 아이들은 만날 때마다 이야깃거리가 많아 시간 가는 줄을 모르고 수다를 떨게 된다.

가끔 나이 든 분들을 만나면 이런 불평을 듣게 된다. 요즘 아이들은 버릇이 없어서 어른이 있어도 본체만체하고 자기들끼리만 쑥덕거리며 논다고. 나는 이런 이야기를 들을 때마다 안타깝기 그지없다. 나이 많다고 어른 대접이나 받으려 하니 누가 가깝게 다가갈 수 있겠는가.

나이를 의식하지 말고, 어른 대접 받겠다는 생각도 버리고, 마음을 열고 상대방과 만날 때 진정한 대화가 되고, 우정과 애정도 쌓이는 법이다. 이건 자식에게도 마찬가지다. 아무리 자식이 효도한다 해도 부모가 너무 자식에게 매달리고 바라기만 하면 불편하고 부담스러워진다. 어떤 관계건 매달리는 자의 매력은 떨어지게 마련이다.

그래서 나는 딸이건 며느리건 손주건 먼저 '찾아뵙는다'. 젊은 사람들이 나를 한 번 찾아오려면 부부간에 시간 맞춰야지, 아이들 학교 학원 시간하고 부딪치지 않게 해야지, 젖먹이들 옷과 간식거리까지 챙겨야지, 복잡하고 스트레스 받는 일이 여간 많지 않다. 그러나 내가 자식들을 찾아가면 만사 오케이다. 내 몸 하나만 달랑 움직이면 되니까 말이다.

자식들은 그런 내 마음을 아는지 모르겠다. 너무 하염없이 베풀기만 하면 버르장머리가 없어지고, 그렇다고 너무 베풀지 않으면 인심을 잃으니, 밀고 당기기를 잘 하면서 '중도'를 지킬 일이다.

내가 요즘 자주 만나는 친구 중에는 20대도 있다. 해외여행 중에 알게 된 여행 가이드인데, 한 달에 서너 나라는 기본으로 왔다 갔다 하는 친구다. 춤을 너무 좋아해서 쿠바에 가서 살사댄스를 배워오기도 한 정열의 여인인데, 요즘은 나보고도 살사와 탱고를 배워보라고 끈질기게 권유하고 있다.

이 친구는 몇 달 전 〈사랑하면 춤을 춰라〉라는 대학로 뮤지컬에 나를 초대했다. 매주 수요일마다 나이대별로 할인하는 이벤트가 있어 20대는 20%, 30대는 30%를 할인한다는 것이었다. 내가 흔쾌히 가겠다고 하자 이 친구가 인터넷으로 예매를 했는데, 50대 이후부터는 인터넷에서 예매를 할 수 있게 되어 있지 않아 기획사에 전화를 하여 따졌다고 한다. 기획사에서는 설마 60대나 70대가 이런 발랄한 공연을 보러 올까 생각했었나 보다. 하지만 대중들과 한 약속은 지켜야 하니, 담당자도 놀라면서 70% 할인을 해주었다고 한다.

나는 여든이 되고 아흔이 되어도 나이와 상관없이 친구들을 만들고 싶다. 10대부터 시작되는 친구 목록을 갖고, 함께 이곳저곳을 신나게 놀러 다니고 싶다.

나의 낡고 빛바랜 스크랩북

나는 세계 어느 곳에 가든지 정원만 쫓아다닌다. 정원을 둘러본 뒤엔 안내책자와 자료를 최대한 얻으려고 노력한다. 말도 안 되는 영어로 물어가며 영어, 불어, 독어 등 외국어로 된 책을 잔뜩 사들고 오면 아이들이 구박을 하곤 했다.

"그 무겁고 큰 책을 왜 사왔어요? 무슨 내용인지도 모르시잖아요."

"내가 그림 보려고 샀지, 읽으려고 샀나?"

나는 기죽지 않고 대꾸한다. 지금도 뉴욕을 가면 골목골목을 다니다가 독특한 가게가 눈에 띄면 들어가 보고, 멋진 나염이 있으면 그것도 사며, 가구의 무늬를 눈여겨보기도 한다. 벼룩시장도 부지런히 다니면서 아이디어를 얻는다.

나는 이것저것 뒤적이다가 마음에 드는 그림과 사진이 보이면 스크랩을 한다. 내 스크랩북에는 버려진 헌 잡지나 30년 전부터 청계천 헌책방에서 100원, 200원씩 주고 사 모은 잡지에서 오려낸 그림과 사진이 수두룩하다. 내가 서투른 솜씨로 찍은 사진들도 있다.

다른 사람들에게는 별로 흥미 없을 것 같은 것도 내게는 흥미 만점이다. '이 사진작가는 왜 이것을 찍었을까? 저 그림을 그릴 때의 마음은 어떤 것이었을까?' 사진이나 그림 한 장을 놓고 내 생각은 끝도 없이 이어진다.

모네의 〈정원의 여인들〉이란 작품을 보면서 나는 '이 그림에 양산이 없으면 안 되겠군' 이란 생각을 한다. 알맞은 장소에 알맞은 양산을 그려 넣은 작가의 감각에 감탄한다. 어떤 꽃은 순박하게 그려 넣고 어떤 꽃은 난폭하게 그려 넣은 이유도 생각해본다. 밀레의 〈만종〉을 보면서는 '이 사람들이 고개를 들고 저녁 종소리를 들으면 정말 재미없는 그림이 되겠군' 하고 생각한다. 고된 노동 후 신에게 감사의 마음을 표하는 농부의 소박한 마음을 목의 각도 하나로 표현한 것을 유의해서 본 것이다.

작가의 마음을 헤아려 생각해 보고 싶은 의도도 있지만 내게 모든 그림들은 외도가 있기에 의미가 있는 것이다. 나는 언제나 외도의 어느 곳에 참고가 될 것인가, 하는 것을 기준으로 그림과 사진들을 봐 왔다.

이 속에서 내가 응용할 수 있는 것들을 챙겨본다면 이렇게 조화를 시켜보면 좋겠지? 이렇게 하면 더 멋있겠는 걸? 이런 풍경이 있을 때에는 어떤 음악을 틀어놓으면 좋을까? 이렇게 하려면 비용은 어느 정도 들까? 이렇게 아름답게 꾸며놓은 곳을 보면 사람들은 얼마나 좋아할까? 감각 있는 사람들은 뭐라고 표현해 줄까? 이런 의문을 갖고 아

250

름다운 풍경을 생각하고 꾸미는 일은 더없이 즐겁다.

나는 책 읽기보다 책 속의 그림 보기를 더 사랑하는 사람이다. 그것은 어린 시절에 처음 본 잡지 속의 세상이 너무나 아름다웠기 때문이다. 그 모든 것이 같은 지구상에 존재하고 있다는 것이 믿어지지 않았던 시절, 나는 그 잡지들을 보고 또 보며 끝없는 상상의 나래를 펼쳐갔다.

나이가 들면서 그림은 단순한 취미를 넘어 공부하고 싶다는 열망으로까지 이어졌다. 그래서 남들은 늦었다는 35살에 이화여대 대학원에 들어갔다. 미대를 가고 싶었지만 기초공부가 부족해 들어갈 수 없었고, 시청각교육과 석사 과정으로 들어갔다.

나는 초등학교 교사로 일하면서 매주 한 번씩 교육방송에 나가 학생을 대상으로 강의하는 일을 3년간 병행했다. 당시에는 전문 아나운서보다는 교사들을 데려다 방송을 많이 시켰는데, 내가 용감해서인지 1순위로 추천을 받아 나가게 되었다. 방송국 직원들은 내 표정이나 가르치는 방법 등은 다 괜찮지만, 음성이 너무 걸걸해서 전문 아나운서로 나서지는 못하겠다고 아쉬워했었다. 하지만 그게 다행이었다.

당시에는 오늘날처럼 작가와 피디의 일이 세분화된 게 아니라서, 내가 직접 대본을 쓰고 연출까지 해야 했다. 그날 가르칠 내용을 최대한 쉽게 정리할 수 있도록 대본을 쓰고 카메라 앞에서 스스로를 연출했던 나는 이 분야에서 아직 한국에는 없는 전문피디라는 직업에 도전하고 싶었다. 승산이 있을 것 같았다.

그래서 시청각교육과 대학원에서 석사 학위를 받은 뒤 유학을 가서 박사 과정을 밟으면 되겠다는 계획을 세웠다. 남편과 세 아이가 있지만 진정 원하는 자에게 힘든 것이 뭐 있으랴. 결혼하고 세 아이를 낳은 후에 시작하는 공부는 머리가 마음을 따라가지 못했지만, 그저 부지런하게라도 하자, 성실하게라도 공부하자는 심정으로 열심히 다녔다. 그리고 석사학위논문을 썼다.

논문을 한번 쓰고 나니까 세상을 보고 사물을 보는 눈이 달라졌다. 원인, 분석, 결론, 그리고 향후 예상되는 효과까지도 일목요연하게 보이는 것이었다. 어떤 일을 할 때 좀더 논리적으로 바라보기 시작하게 되면서 나무를 하나 심어도 이 나무를 보러 올 상대를 항상 생각하게 되었고, 관람객의 성별, 연령층, 취향에 따라 다양한 아이템들을 생각하게 되었다.

내가 유학을 다녀왔으면 능력 있는 피디가 되었을지도 모르겠다. 그러나 한 가지 일을 마칠 때쯤이면 예기치 못한 또다른 사건에 휩쓸려 버리던 나의 파란만장한 30대는 내 계획대로 흘러가지 않았다. 대학원을 졸업하기 직전 외도를 다 사버리게 된 것이었다.

피디나 교수가 되었다면 이미 은퇴해야 했겠지만, 일흔이 넘은 지금도 나는 외도에서 일하고 있다. 아무리 생각해도 지금의 선택이 훨씬 훌륭한 것 같다.

부자가 되고 싶으세요?

외도를 찾는 관광객은 일 년에 100만 명이다. 그 중에는 우리 부부처럼 살고 싶다며 찾아오는 사람들도 꽤 된다. 땅이 있는데 어떻게 농장을 꾸며야 할지 묻고 싶은 사람, 농장을 이미 하고 있는데 유지가 힘들어서 자문을 구하고 싶다는 사람, 사람들이 꿈이라고 비웃는 독특한 일을 해보고 싶은데 용기가 부족해 나에게 격려를 받고자 온 사람…….

나는 그런 사람들에게 내가 가진 모든 노하우를 나눠주고 싶다. 남다른 창의력을 가진 우리나라 사람들을 부추겨서 자꾸 엉뚱한 일을 하고, 그 덕에 하루하루 재미있는 일이 너무 많아 신이 나서 견딜 수 없는 나라가 되었으면 좋겠다.

이 원대한 야망을 이루기 위해 나는 '물귀신 작전'을 쓰고 있다. 보통 사람들은 물귀신이 물속에 혼자 있는 것이 분하고 원통해서 멀쩡한 사람들까지 끌어들이는 거라고 생각한다. 하지만 나는 물속의 아름다운 세상이 너무나 좋아서 다른 사람들을 초대하여 함께 즐기고 싶은 욕심에 물귀신이 된다.

나는 더 많은 사람들이 섬을 사서 가꾸고, 시골의 버려진 땅을 가꾸며 살기를 바라는 물귀신이다. 가슴 속의 꿈을 누르고 도시에서 살고 있는 수많은 사람들이 내 말을 듣고 새로운 꿈에 도전하기로 마음을 먹는다면 내 작전은 성공하는 셈이다.

세상에는 이런저런 사업을 하는 법에 대해 다양한 책이 나와 있다. 대부분의 책들이 가장 짧은 기간 내에 '최대한 돈을 많이 버는 것'을 지상 목표로 한다. 그러나 내 물귀신 작전은 꿈을 갖는 것 자체가 소중하다는 것, 그것을 이뤄가는 과정 자체에 인생의 의미가 있고 즐거움이 있다는 것에서부터 시작된다.

흔히 사람들은 빌딩 주인은 참 편하게 살 거라고 생각한다. 가만히 있어도 월세가 몇 백만 원씩, 몇 천만 원씩 착착 들어오지 않느냐고 묻는다. 그러나 빌딩 관리하는 것도 쉬운 일이 아니다. 입주업체들이 월세를 잘 내는지 신경 써야 하고, 빈자리가 있으면 가격과 이미지를 생각해서 새로 들어올 입주업체를 구해야 하고, 고장 난 곳은 없는지 말썽부리는 이웃은 없는지 늘 골머리를 싸매야 하는 일이다. 대기업 경영자, 정치인, 연예인 모두 마찬가지다. 남들이 부러워하는 위치에 있는 사람들은 남보다 훨씬 더 바쁘고, 훨씬 더 고생스럽다. 영화에 나오는 것처럼 호텔에서 식사하고 고급 승용차를 타고 다니는 것이 전부는 아니다.

하버드 대학을 졸업한 뒤 월든 호숫가에서 3년간 살며 시인, 어부,

농부로 살았던 헨리 데이빗 소로우는 이런 이야기를 썼다.

한 미국인 사업가가 멕시코의 해안 마을에서 어부를 만났다. 그 어부는 마침 작은 보트를 타고 나가 물고기 몇 마리를 잡아오던 길이었다. 미국인은 그 어부에게 "좀 더 많은 고기를 잡아오지 그랬냐"면서 말을 붙였다. 멕시코 어부는 자기 식구는 오늘 이것으로 충분하다고 말했다.

"그러면 남는 시간에 무엇을 하시오?"

"늦잠도 자고, 애들과 놀아주고, 아내와 낮잠도 즐기고, 저녁이면 친구들과 어울려 포도주로 목을 축이며 기타도 치지요. 저는 한가롭지만 꽉 찬 삶을 삽니다."

멕시코인의 대답에 미국인이 비웃으며 말했다.

"나는 하버드대 출신인데, 당신을 도울 수 있을 겁니다. 당신이 고기를 잡는 시간을 늘리면 거기서 나오는 수익으로 더 큰 보트를 살 수 있고, 큰 보트에서 얻게 되는 수익으로 보트를 여러 척 살 수 있을 테고, 결국에는 고기잡이 선단을 갖고 큰 부자가 되겠지요. 그렇게 되면 당신은 이 작은 어촌을 벗어나서 도시로 나가 큰 기업을 운영할 수도 있을 겁니다."

"그러려면 얼마나 걸릴까요?"

"15년에서 20년쯤 걸리겠지요."

"그런 다음에는요?"

"기업을 확장시켜 100만 달러쯤 벌면 은퇴해서 작은 어촌 마을로 가서, 늦잠도 자고, 아이들과 놀아도 주고, 아내와 낮잠도 즐기고, 친구들과 어울려 고급 포도주를 마시며 기타를 칠 수 있겠지요."

미국인의 이야기를 다 듣고 난 어부가 말했다.

"저는 이미 그 모든 것을 누리고 있는걸요."

도시에서 직장 생활을 하고 있는 사람들이나 퇴직을 눈앞에 둔 사람들이 이 '발상의 전환'에 관한 이야기를 깊이 생각해보았으면 한다. 자연 속의 건강하고 소박한 삶을 한 번 상상해보라. 공기 좋은 시골에서 평화롭게 사는 삶, 넓은 땅을 재료로 내가 마음껏 디자인한 공간에 도시의 친구, 친척들을 불러서 즐겁게 어울리는 여유 있는 삶, 퇴직금을 밑천으로 새로운 일을 하며 용돈도 벌어들일 수 있는 제2의 삶.

꼭 큰 규모가 아니어도 상관없지 않은가? 여유 있는 삶을 꿈꾸면서 시작하는 것이므로 작은 규모로 부담 없이 시작하는 것이 중요하다. 비즈니스라 생각하고 뛰어드는 것보다 노년을 준비하거나 부업이라고 생각하는 쪽이 마음 편하다. 비즈니스라 생각하면 언제 수익이 나기 시작할 것인가 자꾸 신경 쓰게 되고, 즐거움을 잃게 된다. 반면 노년에 건강을 유지하면서 웰빙 생활을 하기 위해 조금씩 주머닛돈을 쓴다고 생각하면 크게 실망할 일이 없다.

어떤 사람에게는 200평짜리 아담한 정원이 알맞은 규모일 수도 있다. 지나가던 사람들이 호기심을 갖고 들를 수 있게 예쁘게 꾸며놓고 그곳에서 밥이나 차, 자그마한 기념품을 팔 수 있다면 벌써 성공한 것이다. 처음부터 모든 것을 쏟아 부으면 지치게 마련이니, 자기 능력에

마음 하나만 바꾸면 지금 이 순간이 바로 삶의 꽃봉오리다.

맞게 천천히 해나가면 된다. 올해엔 땅을 구입한다는 목표를 갖고, 내년엔 100평에 나무를 심는다는 정도의 느린 목표를 갖고 추진하면 족하다. 일단 땅을 구입하고 나무를 심어두게 되면 계속 공부하고자 하는 관심과 의욕이 생기게 마련이니까. 일단 "이렇게 살아도 좋겠다"고 발상의 전환을 하는 것이 제일 중요하다.

서울여대에는 '부자학 개론'이라는 강좌가 있다. 수강 신청 2분 만에 정원인 350명이 마감될 정도로 인기 있는 과목으로 부자의 개념과 유형, 부자의 습관, 부자 되는 법, 부자의 사회적 역할 등에 이르기까지 '부자'에 대해 학술적인 공부를 한다.

이 강좌를 담당하는 경영학과 한동철 교수는 부자란 '자신이 원하는 일을 현재 할 수 있는 사람'이라고 정의한다. 그리고 국민소득 1만 불을 넘어선 한국에서 부자의 반대말은 가난한 사람이 아니라 바로 '일반인'이며, 일반인이란 '자신이 원하는 일을 미래에 할 수 있는 사람'으로 정의한다.

일반적으로 재산이 10억 원, 혹은 100만 달러를 넘는 사람들을 백만장자 내지는 부자라고 하는데, 이 사람들은 자신이 원하는 일을 지금 당장 할 수 있는 능력이 있다. 일반인들이 '언젠가는……' 하면서 꿈만 꾸는 성지 순례, 주위의 딱한 사람들을 돕는 것, 파티에 멋있게 차려입고 가서 신나게 노는 것, 근사한 미술품을 집 안에 들여놓고 감상하는 것 등을 지금 당장이라도 할 수 있다. 그런 것이 원하는 것이라면 말이다.

그러나 원하는 일이 자연 속에서 건강하게 사는 것이라면 어떤가?

258

시원한 바람을 맞으며 아름다운 자연을 감상하면서 천천히 일을 하는 것, 내 앞마당에 친구들을 불러 함께 즐기는 것이라면 어떤가? '일반인'으로 분류되었던 대부분의 사람들도 지금 당장 마음을 바꿔먹으면 지금 이 순간 바로 '부자'가 될 수 있다.

삶의 질을 생각하지 않고 꾸역꾸역 돈만 모으며 나이 드는 것과 진정한 부자로 꿈을 실현하며 나이 드는 것. 이 두 삶의 차이는 돈도 들지 않고 시간도 필요하지 않은 '발상의 전환', 이 하나에 달려 있다.

늙어도 인생은 미완성

인상주의 화가 클로드 모네는 80세에도 여전히 명작을 그렸다. 그는 하루에 12시간씩 일하며 시력을 거의 다 잃을 때까지 그림을 그렸다. 인상주의 이후 최고의 화가라고 할 수 있는 파블로 피카소는 90세가 넘어 죽을 때까지 그림을 그렸다. 게다가 피카소는 70세에 새로운 형식의 유파를 개척했다. 20세기의 가장 위대한 첼로 연주자 파블로 카잘스(Pablo Casals)는 97세로 죽는 그날에도 새로운 곡을 연주할 계획을 세웠고 연습을 했다. 경영학자 피터 드러커는 90세가 넘도록 신문 기고는 물론이고 왕성한 저술활동을 하였다. 수많은 그의 저서 중 대표작들은 다 그가 60세가 넘어서 출판한 것들이다.

나는 나이가 들면 기억력은 감퇴할지 몰라도 창의력은 더욱 왕성해질 수 있다고 믿는 사람이다. 지금까지 쌓아온 경험과 지혜에서 우러나는 깊이 있는 생각이 더 깊은 예술을 만들고, 일상에 보탬 되는 통찰력 있는 이론을 제시할 수 있다고 믿는다. 평균 수명 100세를 바라보는 이 시대에도 60세가 넘으면 집에서 조용히 늙어가야 한다고 믿는 사람들이 많으니 얼마나 안타까운 일인가.

얼마 전 영어회화 테이프를 틀어놓고 공부하고 있는데, 방문을 열고 들어온 딸이 갑자기 참견을 했다.

"엄마, 영어 공부는 왜 해요?"

"유언장을 영어로 쓰려고 그런다, 왜?"

"그 나이에 영어 공부를 해서 뭐하시려고요? 엄마는 건강에 신경쓸 나이라니까요."

딸들은 내게 공부는 그만두고 건강이나 관리하라고 늘 핀잔을 주지만, 나는 항상 호기심을 갖고 무언가에 몰두하는 것이 건강을 유지하는 최대 비결이라고 믿는다. 그리고 나이가 들어도 좋아하는 일을 계속하고 연구하다 보면 더 멋진 작품을 만들어낼 수 있다고 생각한다.

이 세상에 태어나서 내 집 마당 그득히 손님을 초대할 수 있다는 것은 굉장히 영광된 일이며, 설레는 일이기도 하다. 하지만 그만큼 힘들고 부담스러운 일이다. 그래서 얼마 전까지만 해도 자다가도 벌떡 일어나 날밤을 새우는 날이 많았다. 밤새 엎드려서 수백 번 그림을 그리고, 또 고치면서 연구했다. 이 노력을 시험공부에 쏟았다면 나는 아마 어지간한 고시는 다 패스할 수 있었으리라. 늙으면 초저녁잠이 많아진다는데 나는 보통 새벽 2시까지 이것저것 궁리하며 책을 뒤적였다.

보통 배우자와 사별하면 마음을 정리하고 안정을 찾는 데 3년 정도가 걸린다고 한다. 나는 아직도 하고 싶은 일이 많고, '외도-보타니아'의 대표이사라는 막중한 직책이 있기에 어서 스스로 설 수 있는 힘을 길러야겠다고 결심했다. 사실 나는 진작부터 슬픈 일을 겪은 사람들에게 감정에만 빠져 있지 말고 더 바쁘게, 더 새롭게 살라고 부추기는 데 소질이 있었다.

　고등학교 친구 중 천사처럼 착한 친구가 50대에 남편과 사별했다. 모든 친구들이 슬퍼했다. 홀로 남은 친구가 너무 안쓰러워 한 달쯤 지났을 때 나는 그녀를 방문했다. 그녀는 여전히 슬픔에 푹 빠져 아무것도 하지 못하고 있었다.

　"야, 정신 차려. 잊으려고 노력을 해야지. 이런 모습을 누가 좋아하겠니? 슬퍼할 시간이 있으면 운전이나 배워라. 남편 산소에 가고 싶으면 언제든 운전을 해서 찾아가고, 울고 싶으면 차 안에서 실컷 울라고. 길게 슬퍼하는 건 너한테도 안 좋고 애들한테는 더 짐 되고, 떠난 사람도 원하는 일이 아니야. 운전 배워서 산소에 드라이브 다니면서 잊으라고."

　"난 운전은 무서워서 못해. 그리고 이 나이에 어떻게 운전을 배워?"

　슬픔에 빠진 친구는 내 말에 황당해했다. 나는 더 냉정하게 말했다.

　"운전이 무서워? 겁날 게 뭐 있어? 죽으면 남편 따라가니 좋고……."

　"너 나를 몰라서 그래. 나 지금 숨쉬기도 힘들어."

　원망스러운 눈초리로 내 얼굴을 쳐다보던 친구의 눈빛이 생생하다. 그로부터 몇 년이 지난 후 그 친구가 나에게 말했다.

　"너는 어떻게 그때 그런 말을 할 수 있었을까? 이따금 운전을 해서 남편 산소에 갔다 올 때마다 '호숙이 말이 옳았어, 정말 옳았어' 하고 무릎을 친다니까. 따라 죽지도 못할 바에야 현명하게 살아야 한다는 것이 백 번 맞는 말이지."

얼마 후 나도 그 친구와 같은 상황에 놓이게 되었다. 막상 닥쳐보니 그게 생각처럼 쉬운 일만은 아니었다. 나는 억지로라도 태연한 척, 강한 척 하려고 노력했다. 낮에는 그럭저럭 견디겠는데, 밤이면 슬픔이 강물처럼 밀려오곤 했다. 그래서 더 바쁘게 일했다. 슬픈 일을 잊는 데는 일 이상 좋은 것이 없다더니 그 말이 정말 맞았다.

자식들은 혼자 있는 엄마가 걱정되는지 가끔 묻는다.

"엄마, 괜찮으세요?"

"그럼, 괜찮지. 너희들 집으로 돌아가. 엄마 걱정 말고."

자식들이 물어보면 나는 항상 똑같이 대답한다. 환한 웃음으로 자식들을 돌려보내고 텅 빈 응접실에 앉아 있으면 벽에 걸린 사진 속에서 그가 나를 바라보고 있다.

나이가 60이면 인생의 속도는 시속 60킬로미터로 느껴지고, 나이 70이면 시속 70킬로미터로 시간이 지나간다는 이야기가 있다. 나는 요즘 내 인생이 시속 70킬로로 달리는 자동차 같다는 것을 실감한다. 눈 깜빡할 사이에 하루가 지나간다. 한 달, 두 달, 그리고 어느덧 일 년도 금방이다.

지금껏 나는 무엇을 위해서 살았던 것일까? 살아온 날들을 뒤돌아보면 나름대로 항상 같은 결론에 도달한다. 외도에 투자한 내 시간, 외도에 흘린 내 땀이 가장 값지다는 것 말이다.

꽃들과 향기와 음악으로 조화를 이룬 이 정원들은 많은 사람들과 더불어 누리고 싶어서 만든 곳이다. 그러나 다른 사람들을 위해서 만들었다고 생각한 이 외도의 정원들이야말로 오늘의 나를 위한 선물 같은 것이었다.

아직도 잡지책에서 오려내고 싶은 것이 많고, 아직도 떠오르는 아이디어가 많고, 아직도 쓰고 싶은 글이 많고, 아직도 할 일이 태산 같다. 노욕은 금물이라 하지만 이런 욕심은 다른 사람을 해치지 않으니 하나님도 기쁘게 보아주지 않을까?

하나님이 허락한 시간 동안 열심히 살며 누군가에게 기쁨을 주며 살자. 시속 70킬로미터의 인생을 달리며 내가 내린 결론이다.